魔界の塔

Tower of the Devil

Yusuke Yamada

山田悠介

幻冬舎

魔界の塔

装画　長野剛
装幀　鈴木成一デザイン室

1

岩の塔に絡みついていた靄《もや》が消えてゆく。邪悪な結界が解かれ、魔界の塔に辿《たど》り着いたのは午前三時半を少し回った頃だった。

いよいよ最終決戦である。

ここまで来るのに実に七十時間を超えていた。三日三晩閉じこもり、やっと最終ボス、魔王ザンギエスの元にやってきたのだ。

新垣一弥《あらがきかずや》は武者震いした。塔の中で主人公を待つボスを倒せばゲームクリアなのである。彼の血は沸き立った。両手に持つ黒いコントローラーが汗で濡《ぬ》れた。汗ばんだ手を短パンで拭《ぬぐ》ってコントローラーを握り直す。親指で十字キーを上に押すと主人公は塔の中に入った。場面の移り変わる一瞬だけ画面が暗くなった。

部屋の明かりは消えていた。窓とカーテンは閉めきってある。テレビから発せられる光が明かり代わりだった。

一弥は電気をつけるのも忘れるくらいにテレビ画面に熱中していた。夜中とはいえ真夏である。

クーラーなしの部屋は蒸し風呂のようだ。全身汗だくだった。髪もべたついている。体臭もきつかった。三日三晩風呂に入っていないせいだ。

一弥の傍《そば》にはスポーツドリンクの入ったペットボトルが置いてあったが、それには目もくれなかった。喉《のど》の渇きを忘れるくらいに興奮していた。

一弥は主人公『カイト』になりきっていた。緊張の面《おも》もちで塔の階段を上っていく。画面にうっすらと一弥の顔が反射している。眼窩《がんか》が窪《くぼ》み、頬《ほお》も削《そ》げ、憔悴《しょうすい》しきったような顔だ。それもそのはずである。彼は三日三晩ほとんど食べ物を口にしていないし、あまり眠っていない。栄養失調になるのは当然だった。疲労困憊《こんぱい》しながらも執拗《しつよう》にゲームをやり続ける理由は一つ。この『魔界の塔』というゲームにささやかれている噂《うわさ》を確かめるためだ。といっても、一弥はその噂を信じてはいない。だからこそ、自らの手でデマであることを証明しようという執念に燃えていた。

一弥の手で操作され、主人公は赤い絨毯《じゅうたん》の上を真っ直ぐに進んでいく。

最終ボス、魔王ザンギエスは塔の五階、最上階で主人公を待ちかまえていた。とうとう一弥とボスは対峙《たいじ》した。敵はゴジラがドクロのお面を被《かぶ》ったような容姿で、魔王らしく青いマントを身にまとっている。主人公の五倍はある巨漢は、巨大なイスに座り余裕の態度である。

そうやって堂々と構えていられるのも今のうちだ、と彼は心の中で言った。数分後には俺《おれ》の膝《ひざ》元《もと》に倒れる。戦ったことを後悔させてやる。

いよいよ決戦直前。彼は装備を調べた。次に主人公のレベルとアイテムを確認した。万事抜かりはない。これで負けるはずがない。

一弥は主人公をボスの前に立たせた。ここでボタンを押せば決戦開始である。と、その前に一弥は深呼吸した。直後に、これはたかがゲームなのだからと自嘲《じちょう》気味に笑った。

一弥はボスを睨《にら》みつけるようにじっと視線を当て、ボタンを押した。ついに最終決戦が始まった。同時に音楽が変わる。最終戦らしく、恐怖をかきたてるような、不気味さを演出した音楽である。

先制攻撃は一弥だ。最初のそれは渾身《こんしん》の一撃となった。画面中央に立つザンギエスは攻撃を食らい大きく揺れた。「326のダメージ」と表示が出て彼は拍子抜けした。主人公『カイト』のヒットポイントは2000である。つまり、2000のダメージを受けたら死ぬ、ということだ。仮にボスが倍の4000だとしても十五回ほど攻撃を食らわせれば倒せるのではないかと一弥は推量した。ヒットポイントに大きな差があるのは予測していたことである。それを見越して、一弥は回復薬を持てるだけ持ってきていた。たとえ危機に陥ったとしても回復薬を使えば済むことである。攻撃を食らわせながら回復を繰り返していけば、恐《こわ》い相手ではない。噂のことがあるのでよほど強いボスなのだろうと心を引き締めて勝負を挑んだが、勝敗の行方は論ずるまでもない。

こうなると、噂を確かめるまでもなかったなと思った。

途中までは一進一退の攻防だった。しかし一弥が回復薬を使い始めてから戦況は一変した。ヒットポイントを回復する主人公に対し、ボスは道具を一切使わない。馬鹿の一つおぼえみたいにただ棍棒《こんぼう》を振り回すだけである。真剣に勝負している自分が馬鹿馬鹿しくなるほどだった。

いよいよ待ち望んだその時がきた、と一弥は胸を高鳴らせた。予想どおり、十五回ほど攻撃を食らわせたところでザンギエスが赤く点滅し始めたのである。

これが最後の一太刀《ひとたち》になるだろう。一弥は無意識のうちに、トドメだ、と声に力を込めていた。だが、最後の一撃となるはずだったそれは、敵の反応がよかったからか、主人公がミスしたからか、当たらなかった。一弥は舌打ちした。最後くらいしっかり決めろよ馬鹿、と心の中で毒づく。

ボスの反撃は無意味といってもよかった。どうせ次の攻撃で奴《やつ》は倒れるのだ。彼は今度こそ、と強い想いを込めてボスに剣を振り下ろした。だが、前のターンと同じように攻撃は命中せずかわされた。こんなに歯痒《はがゆ》いものはない。あと一回か二回でボスは死ぬのだ。どうして当たらないのだ。一弥はコントローラーを絨毯に叩《たた》きつけたい思いを必死にこらえた。

また無意味な攻撃を食らう。勝敗は目に見えてはいるが、時間の無駄ともいえる攻撃を食らうとやはり苛立《いらだ》たしさが膨らむ。彼は三度目の正直だと、『攻撃』を選択し、ボタンを押した。画面に「渾身の一撃」と出た。一弥は期待しボタンを連打した。だが、当たらない。

ここで彼の目元に翳《かげ》りが生じた。何かおかしいぞと思った。ボスに魔法をかけられたわけでもないのに、どうしてこんなにも剣が命中しないのだろうか。

一弥は一旦《いったん》ボタンから指を離し、四日前の記憶を思い返した。

『最後のボスが倒せないようになっているらしい』

真っ先にこの言葉が浮かんだ。

しかし一弥は鼻で笑った。馬鹿な。これはゲームだ。クリアできないテレビゲームなどあるもんか。二十一年間でここまでテレビゲームに熱中したのは初めてで、故にゲームに関する知識は浅いが、クリアできないゲームがあるなんて聞いたことがない。勿論《もちろん》、最後のボスが倒せないようになっているらしい、という噂なんてデタラメに決まっている。俺がボスを倒して噂がデマだということを証明してやる。

しかし、当たらない。ゲームは正常に起動している。なのに命中しない。いくら攻撃しても当たらない！

その間、ボスの突進を受け続け、棍棒での攻撃を食らい続けていた。主人公が死にそうになるたびに回復薬を使っていたが、いよいよ表情が怪しくなってきた。頼りの回復薬が底をついたのである。つまり、これ以上ヒットポイントを回復することができなくなったというわけだ。

主人公の様子がおかしくなり、最初は憤《いきどお》りが腹の底からこみ上げてきたが、今は祈る気持ちだった。何でもいいから攻撃を食らわせたかった。だがやはり剣は当たらない。

どうしたものか、何か解決策はないのかと彼は方法を思索する。だが主人公は勇者である。魔法は一切使えない。持っている道具を改めて見てみたが、解決の糸口になるような物はない。

これが一弥の最後の攻撃と見てよかった。主人公のヒットポイントは残り１００を切っている。次の反撃を食らえばゲームオーバーになるのは明白だった。

そして、熱い想いを込めた最後の一撃も外し、ボスの反撃を受けて主人公は倒れてしまった。

一弥は怒りを通り越して呆《あき》れた。

ボスが嘲笑《あざわら》っているのを想像したらまた腹立たしくなり、我慢できずにコントローラーを画面にぶつけた。それでもまだ思いは晴れなかった。ならばゲーム機を投げつけてやろうと両手を伸ばしたその時だった。

画面が怒ったように突然発光し、点滅し始めた。しかも光はどんどん強くなり、点滅のスピードも増していく。一体どうしたのだろうかと、一弥は口をポカンと開けて画面を見つめる。点滅の動きに合わせて、彼の心臓も速くなった。

一弥はのけ反った。その強い光が、一弥に襲いかかるようにして画面から伸びてきたのである。部屋が、目が眩《くら》むほどの光に包まれた。

2

小巻嵩典《こまきたかのり》はいつもどおり『レッドハウス』にいた。地元の有名大型ゲームセンターである。店内の時計は午後五時をさしている。今日は少し遅い『出勤』だった。出勤といっても、レッドハウスに勤務しているわけではない。嵩典は毎日ここに通っているので、自分でそう言っているだけである。レッドハウスの住人といってもいいくらい、毎日そこにいた。

出勤が遅れたのは、友人たちと今朝方までファミリーレストランにいたからである。そのせいで寝過ごしてしまい、長い間プレイの順番を待つはめになったのだが、昨夜からの集まりは無駄ではなかった。むしろ有意義な時間を過ごしたと思っている。一週間前に、全国のゲームセンターに一斉導入された人気格闘ゲームの研究をたっぷり行っていたのだ。嵩典たちはこの新作が待ち遠しく、眠れない日々が続いたほどだ。

このゲームはキャラクターのリアルな動きが特徴で、十字キーと四つのボタンでファイターを操作する。難易度の高い必殺技が相手に決まり、ＫＯした瞬間は、何とも言えぬ爽快《そうかい》感を味わうことができる。それが、細かい連続技から難易度の高い必殺技に繋《つな》がるとギャラリーはどよめき、拍手する者も出てくる。一般の者からすると不可解で奇妙な世界かもしれないが、ゲーマーたちはいたって真剣である。プレイヤーは勿論、ギャラリーまで熱を帯びるほど、新作格闘ゲームの人気は絶大だった。

ようやく順番が回ってくると、嵩典は百円を投入し、向かい側でプレイしている者に待ったをかけた。乱入である。これからプレイヤー同士の勝負が始まるのだ。しかし、相手は熟練した腕を持つ嵩典の敵ではなく、二分ほどで勝負がついた。すると、今度は向かい側の筐体《きょうたい》で順番を待つ者が乱入してきた。

しばらくすると嵩典の周りに人だかりができていた。目にも留まらぬボタンさばきで相手をKOすると、ギャラリーから溜息《ためいき》が洩《も》れた。次々にプレイヤーをなぎ倒し、これで十連勝である。嵩典はゆっくりとタバコに火をつけた。勝ち続ければ金がかからないので有り難い。向かい側に座る対戦相手はプライドを傷つけられたような顔で列の最後尾に並び直している。相手のその姿を見るのは快感だ。出直してこいと、心の中で言って、誇らしげな顔でタバコの煙を吐いた。

もはやこのレッドハウスにはほとんど敵はいなかった。互角に戦えるのは三人くらいか。彼らもレッドハウスの『住人』で、昨晩ファミレスで一緒に研究していた者たちである。

嵩典が最強なのは当然だった。週七日、午後二時には出勤し、ほぼ閉店までプレイしているのだ。店員の間では勿論、ギャラリーの間でも彼は有名だった。嵩典を神と言う者もいる。それくらい嵩典の指さばきは素早く、全キャラクターの特徴、動きを熟知し、芸術的プレイを見せる。全国を見渡したって俺に敵《かな》う相手はそういないと彼は自負している。特にこの格闘ゲームに関してはは絶対の自信があった。

ただこの強さがもてはやされるのはゲーマーの間だけの話だ。世間からしたら彼は単なるニートである。働かない、無論税金も払わない、親のすねをかじって生きているゴミクズだと世間から思われていることは知っているし、自分でも自覚している。だが悔しいとは思わない。この生活が楽だから仕方ないのである。

今年で二十四になるが、嵩典は高校を卒業してからの六年近くというもの、一度も就職したことはない。いくつかのバイト経験はあるが、その場しのぎでやっただけで、半年続いたものは一つもない。今こうしてレッドハウスで遊べるのは、先々月に辞めたバイト代があるからだ。この金が尽きたら親の財布から拝借するか、知り合いの女にうまいこと言って小遣いを貰《もら》うか、と考えているから全くどうしようもない。

いよいよ二十代も折り返しに近づいているわけだが、彼はいまだ将来に不安を抱《いだ》いていなかった。働く意思が全くないというわけではないのだが、世間のサラリーマンを見るとどうしてもアホらしく思えてしまう。せっせと働いて何が楽しいのだろうか。あんなのストレスが溜《た》まるだけだ。人生一度きりなのだから、もっと楽しめばいいのに、とへんな同情の気持ちが湧《わ》いてきてしまうというのだから質《たち》が悪い。せめて夢や目標があれば違うのだろうが、これといってやりたい仕事はない。今、頭にあるのは格闘ゲームのことだけ。ゲームが夢にまで出てくるのだからもはや病気だ。

店内は冷房が利《き》いているが、興奮と周りの熱気とで身体《からだ》中が熱を帯びている。こめかみから一筋の汗が垂れた。二十連勝もするとさすがに疲れる。しかしこれだけ連続でプレイしていても飽きないのは不思議だ。しかも、ここまで最強ぶりを見せつけてもまだ彼に戦いを挑んでくるプレイヤーがいるのは滑稽《こっけい》だった。いくら勝負しても嵩典に勝てるわけがない。そんな無駄な金を機械に投入するくらいなら俺にくれよ、と嵩典は思った。

彼は首に下げているタオルで顔を拭《ぬぐ》った。夏の汗だから脂臭い。着ているアロハシャツをパタパタさせると冷たい風が上半身を駆けめぐって気持ちよかった。だが、ずっと座っているせいで太股《ふともも》は汗に濡れていて心地悪い。

次の挑戦者がやってきた。嵩典は余裕の表情であるが、いよいよ周りの空気が変化しているのに気づいていた。ギャラリーの態度が、嵩典に、早く負けて交代しろよ、と言い始めた。最初は崇拝の目で眺めていたくせに、二十連勝もすると鬱陶《うっとう》しくなる。勝手な奴らである。

だが手を抜いて負けることはしたくなかった。負ければ株が下がるし、相手に舐《な》められる。それに、ギャラリーの威圧に怯《ひる》んだと思われるのは癪《しゃく》だった。

雑魚《ざこ》どもは帰れ、と心の中で毒づき、彼は平気な顔でプレイする。

「小巻さん、やっぱりここでしたね」

声をかけられたのは1ラウンドを勝利した直後だった。ゲームは2ラウンド先取で勝利、次に勝てば二十二連勝である。周りが白けようが、どこまでも勝ち続けてやると決めていた。なのに、

「ちょっと、小巻さん」

と横でうるさいのである。そのせいで集中が切れた嵩典は2ラウンド目を落とした。

「聞いてくださいよ、小巻さん」

振り返らなくてもそれが誰なのかは分かっていた。中学の後輩、国分吾郎《こくぶごろう》だ。嵩典は煩《わずら》わしそうな目を向けた。国分は切迫した様子だった。対戦に集中している時に彼が声をかけてくるなんて珍しい。だが、そんなの知ったことではない。大事な勝負の最中に邪魔されては困る。

「後にしろ」

嵩典は冷淡に言って十字キーを握り直した。しかし国分は先輩の命令を聞かなかった。

「正直、それどころじゃないんですよ」

それ、とは無論格闘ゲームのことである。嵩典は馬鹿にされたような気がして腹を立てたが、といって睨みつける余裕もなかった。国分に完全にペースを狂わされた嵩典はピンチに陥っていた。ギャラリーから負けろという声が聞こえてきそうだった。お前らの思いどおりになるか、と

心の中で叫んでみたが、とうとう嵩典の記録は二十一連勝でストップしてしまった。『ユー、ルーズ』と機械から発せられた声がしつこく耳に響く。台を叩き席を立つと、後ろにいたうちの一人が、かわりに席に座り百円を投入した。ギャラリーの安堵《あんど》した様子を見ると悔しさがこみ上げた。雑魚どもが、と再び心の中で吐き捨てた。

「お前のせいで負けたんだぞ」

嵩典は後輩に文句を言った。事実そうなのである。国分が邪魔する前は完璧《かんぺき》な試合運びだったのだから。国分は背中を丸めて頭を深く下げた。

「すみませんでした」

国分は普段から垂れ目であるが、それが余計下がって見えた。

「このタヌキ野郎が」

顔と体型がまるでタヌキのようだから、国分に腹を立てた時はいつもそう呼ぶ。国分は頭を下げるばかりであった。

「もう少し状況考えろ、バカ」

いつもそうだ。どうも国分は空気を読めないというか、判断能力に欠けるというか、要するに鈍いのだ。今回みたいに嵩典を苛立たせることが多い。

「で、何だよ」

嵩典はまだ口を尖《とが》らせている。

「よほどのことなんだろうな」

「はい」

国分は大きく頷《うなず》いた。

「何があったんだ」

国分は、機嫌の悪い嵩典のアロハシャツを軽く引っぱった。

「ちょっと外に来てください」

嵩典は納得がいかず、その手を払った。

「何でこんな暑いのに外まで行かなきゃいけねえんだ。ここで話せ」

国分はいつになく深刻な顔つきをしているが、どうせ大した話ではないだろう。聞いてやるだけましなほうだ。しかし国分はその場で話すのを嫌がった。

「実は、ちょっと来てもらいたいところがあるんですよ」

国分は耳元で言った。

「何だと？」

嵩典の眉《まゆ》が反応した。来てもらいたいところ？　冗談じゃない。今、俺は格闘ゲームに夢中なんだ。ここで話を聞いてやるだけでも有り難いと思え。

「お願いします」

国分は真摯《しんし》な目で言った。

「嫌だよ、面倒くせえよ」

嵩典は対戦が行われているゲームのほうを振り返った。他人の対戦を見ているだけでも血が騒ぐ。

「ちょっと、小巻さん」

背後からの声を無視してゲーム機に向かって歩き始めると、国分は仕方ないというように、財布からいくつもの無料クーポン券を出して言った。

「分かりましたよ。このファミレス無料券をあげますから、僕の言うこと聞いてくださいよ。小巻さんは毎日ファミレス行くんだから便利でしょ」

その餌《えさ》は嵩典を釣るのには十分だった。ファミレス無料券は魅力である。いつも頼むのはドリンクバーとポテトや唐揚げくらいだが、それも連日となるとこれが結構な出費なのだ。

「仕方ねえな」

渋々といった表情を装いつつ、彼の右手はもうクーポン券に伸びていた。券は全部で五枚。中にはパスタ無料券もある。それを見て嵩典はすっかり機嫌を直した。

「ちょっと来てください」

嵩典は国分と一緒にゲームセンターの駐車場に出た。夕方とはいえやはり暑い。少し歩いただけでも汗が流れる。嵩典はタバコに火をつけ煙を空に吐いた。

「お前がここに来るなんて珍しいじゃないか」

嵩典は国分の背中に声をかけた。国分も彼と同じくニートである。ただ嵩典とは専門が違う。国分はネットオタクだ。

「ずっと捜してたんですよ。どこ行ってたんですか」

国分は立ち止まって言った。責めるような言い方であった。彼がいつになく真剣なのが、嵩典には可笑《おか》しかった。

「今日は来るのが遅れたんだよ。それよりどうしたよ、そんな恐い顔して」

「すぐに来てもらいたいところがあるんです」

口調が慌てていた。よほどのことがあったのだろうが、嵩典には見当がつかない。

「一体何だよ。俺に関係してるのか?」

と聞くと、国分の顔色が急に青くなった。

その質問には答えず、

「大変なことになったんです」

と怯《おび》えた様子で言った。

3

国分が向かった先はレッドハウスから一キロほど離れた『町田総合病院』だった。国分の切迫した表情と病院を繋げると、誰かが病気で倒れたか、もしくは事故に遭ったか、と想像はできるが、それが誰なのかは全く見当がつかない。

足早に病院に入った国分に彼は聞いた。

「誰か入院でもしてるのか？」

尋ねても答えは返ってこない。普段はのろまで鈍くさい国分であるが、今日は人が変わったように見えた。

彼の身内に何か不幸でもあったのかなと考えたが、それならば自分を呼ぶ必要はないだろう。ならば一体誰が、と考えてみるが、やはり思い当たる人物が浮かんでこない。もっとも、嵩典に関係している人物かどうかもまだ曖昧《あいまい》なのである。知らぬ者ならいくら考えたところで無駄だ。

国分は慣れた足取りだった。最上階に着くと、病室が並んでいる廊下を、靴音を立てて歩いていく。静まり返っているフロアに靴音が大きく響いた。

国分は510号室の扉をノックした。嵩典はプレートに書かれてある名前を見て首を傾《かし》げた。『新垣一弥』とある。知らぬ名前だった。それとも忘れているだけか。そんなはずはないと思うが。

室内から反応はないが、国分は扉を開けて部屋に入った。

「どうぞ」

と国分に言われ、嵩典も遠慮がちに中に入った。

510号室は個室だった。中央に白いベッドがあり、そこに二十歳そこそこの小柄な男が仰向けで眠っていた。ただそれだけだった。つまり、酸素マスクもあてられていないし、管も通されていない。その他の機材だって何一つない。男はただ普通に眠っているだけなのである。微《かす》かに聞こえる寝息と上下する胸の様子で生きていることは間違いなさそうだが、少し離れた場所からでは、あまりの静けさに死んでいるようにも見えるだろう。事故を起こしたのなら全身に包帯が巻かれていたりもするのだろうが、それもない。かといって病気とも思えない。顔の血色は非常にいいのである。ここは本当に病院だろうかと錯覚するほどだった。

「誰だよ」

嵩典は新垣を見ながら少し乱暴に聞いた。国分がここに連れてきた意味が理解できずに苛々した。

「高校の同級生ですよ。最近ちょくちょく会ってたんですけど」

「俺は一度も会ったことはないよな？」

「はい」

嵩典の記憶に間違いはなかった。ならばここに連れてきた理由は何か。彼は溜息をつきたいところだったがそれは止《や》めた。

「病気か？　それとも事故か？」

と一応聞いた。

「いえ、分かりません」

その答えに嵩典は苛立ちを通り越して呆れた。

「意味分かんねえよ。どうして俺を連れてきたんだ」

国分は、ぐっすりと眠っている新垣を見つめながらポツポツと語りだした。

「四日前の昼頃、僕は一弥とコンビニで偶然会いました。一弥は弁当と飲み物を買ったようでした」

それが俺と何の関係があるんだと口を挟みたかったが、その気持ちを抑えて嵩典は続きを促した。

「その時、一弥に聞かれました。『魔界の塔』っていうプレイステーション2のゲームソフトを知ってるかって」

嵩典は国分の目を見た。

「魔界の塔?」

聞いたことがあるような気がするが、それがアクションなのかRPGなのか、それともパズルゲームなのかまでは思い出せない。プレステ2といえば、彼らが高校生の頃に一世を風靡《ふうび》したテレビゲームである。現在もプレステ2のソフトは普及しているが、最近プレステ3が発売され、2は下火になっている。プレイしたことのないソフトの内容など知るはずがない。

「知らないと僕が答えると、新垣は妙なことを言ったんです。『魔界の塔』にはちょっとした噂があるって」

それには嵩典も興味を示した。

「どんな噂だよ」

と声の調子が変わった。

「最後のボスが、絶対に倒せないようになっているらしい、って新垣は言ったんですよ」

「最後のボスが倒せない?」

嵩典は小馬鹿にするように笑った。

「クリアできないほど難易度の高いゲームならたくさんあるけど、絶対にクリアできないゲームなんてあるかよ。お前、ハメられたんだ。こいつはお前の反応を見て楽しんでただけだよ。お前は昔からすぐに引っかかるところがあるからな」

「そうは見えませんでしたよ。新垣は本気でした」

と国分は思い詰めたように言った。

「そりゃ人を騙《だま》す時は真剣な顔して言うだろ」

国分は一瞬ムッとなった。

「僕だって、冗談かそうじゃないかくらいは判断できますよ」

話にならない、というように嵩典は首を振った。

「分からない奴だな」

つい苛立った口調になった。

「その時にもう少し話を聞ければよかったんですが、ちょうど僕の携帯に友人から電話がかかってきて、それに気づいた新垣は、気を遣って行ってしまったんですよ」

どうも分からない。結局国分はなぜ俺をここに連れてきたのだ。突然『魔界の塔』の噂話をした理由もつかめない。彼が病院に連れてこられたのとそれとが繋がっているとは思えないのだ。

嵩典は新垣に視線を向けたままで尋ねた。

「それで、こいつはどうして入院してるんだ。さっきから関係のないことばかりで意味がさっぱり分かんねえよ」

するとと国分は声に自信を込めて言った。

「それが、関係していると思うんです」

「何が？」

嵩典は声を荒らげた。

「さっき言った、『魔界の塔』ですよ」

国分はあくまで真剣である。つき合っているのが馬鹿馬鹿しくなり、嵩典は何も返さなかった。

「実は、新垣が倒れているのを発見したのは僕なんです。新垣が言っていた噂のことが気になって、今朝新垣の家に行ったんです。おばさんに、一弥は三日間ほどずっと閉じこもっていると言われた時はピンときましたよ。あの時に話していた『魔界の塔』をやっているんだって。僕は構わず新垣の部屋に入ったんです。そしたら、新垣が白目を剝《む》いて倒れていたんですよ。いくら声をかけても全く反応しない。僕は恐くなっておばさんを呼んで、急いで一一九番に連絡してもらったんです」

「だから何だっていうんだ」

「ゲームがつけっぱなしだったんです。彼は『魔界の塔』をやっている最中に倒れたんですよ」

「それが？」

と嵩典は冷たく言った。

「彼はどうやら最終ボスに負けた後に倒れたようなんですが、画面にはこう書かれてあったんですよ」

嵩典は国分を見た。唾を飲んだ国分の喉が鳴った。

「お前も、石にしてやるわ、と」

嵩典は、目の端に映っている新垣をもう一度見た。確かに、微かに上下する心臓以外は石みたいにどこも動かない。だがそれがどうしたというのだ。国分がこの後に何を言おうとしているかは大体予測がつく。恐らくそれはあまりに現実離れした、幼稚な推理だろう。嵩典はあえて口には出さなかった。

「新垣は、最終ボスに負けたためにこんな状態になってしまったんじゃないでしょうか」

ほらきた。嵩典の予想は外れてはいなかった。

「アホらしい。帰るぜ俺は」

部屋を出ようとする嵩典を止めようとして、
と国分は声を上げた。嵩典は鬱陶しく思いながらも彼に顔を向けた。

「医者は」

「全く原因が分からないと言っています。一見、植物状態のようにも見えますが、脳も正常に働いていると。身体のどの部分にも異常はないそうです。でも新垣は一向に目を覚まさない。これは変だと医者は言うんです。これまでにこんな症例はないというんです」

「医者がそう言うんだ。俺にだって分からねえよ」

国分は嵩典に一歩近づいた。

「だから余計おかしいと思いませんか？　妙な噂のことだってあるし、魔界の塔に関係してるような気がするんですよ」

「じゃあ何か、こいつはその最終ボスにこんな状態にされたってわけか」

「僕だって信じきっているわけではありませんけど、何か嫌な予感がするんですよ。テレビでもよくあるじゃないですか、超常現象とかそういうの」

嵩典は決して同調はしなかった。そんな馬鹿な話があるか。嵩典は、超能力や呪《のろ》いといったものは一切信じない。新垣が倒れたのだってそんな超常現象であるはずがない。しかし、このままでは埒《らち》があかない。早く国分から解放されたかった。

「それで、医者はこいつをどうやって治療しようって言ってるんだ」

と彼は誠実を装った。

「もうしばらく様子を見てみようと言っています」

「だったらそうするしかないだろう。お前に何ができるってんだ」

そう問えば国分は当惑するはずだった。しかしそんな様子を見せるどころか、そう聞かれるのを待っていたかのように、ジャージのポケットからCDケースを取り出し、その蓋《ふた》を開けた。中には、『魔界の塔』と書かれたソフトが入っていた。これには嵩典も面食らった。

「お前、まさか持ってきたのか」

「はい。僕が自分の手で確かめてみようと思います。このソフトが関係しているのか」

それに関しては何も思わなかった。

「ふうん。勝手にすれば」

と突き放すように言った。

「小巻さんだったら少しは真剣に聞いてくれると思ったんですが」

国分は残念とも見損なったともつかぬ声で言った。

「役立たずで悪かったな」

しかし心のどこかでは多少の興味もあった。無論、そのボスが本当に倒せないようになっているかどうかについて、だ。嵩典は部屋を出る際に皮肉った。

「ボスを倒したら連絡くれや」

病院を出た嵩典はレッドハウスに戻った。その頃にはすでに国分の言った噂話は泡のように頭から消えていた。国分との会話を思い返すこともなかった。

しかし四日後、国分も新垣と同じ状態で病院に運ばれた。

4

国分の妹、奈美子《なみこ》から携帯に連絡があったのは、午後一時半を少し回った時だった。その音で嵩典は起こされた。液晶に表示されていたのは国分の電話番号だったので、またあの話か、というウンザリした気持ちで電話に出た。不機嫌な声で応答すると、女性の声が聞こえてきたので面食らった。まさか女の声が出るとは思わず、嵩典は一気に目が覚めた。

「兄が今朝、病院に運ばれました」

奈美子は、国分と嵩典が普段から親しくしているのを知っているので連絡してきたのだろう。彼女からそれを聞いた時は、さすがに嵩典も動揺した。国分から妙な話を聞かされて間もなくの出来事だったからだ。

嵩典は、急性の病気か、それとも事故を起こしたのかと奈美子に聞いた。彼女は、どちらでもないと言った。原因が分からないというのだ。その言葉を聞いて嵩典は心臓をつかまれたような気がした。とにかくすぐ行く、と言って嵩典は通話を切った。この時初めて、国分から今朝の六時にメールがあったことに気がついた。

『小巻先輩、この前はわけの分からないことばかり言ってすみません。でも僕はどうしても新垣の件と魔界の塔が繋がっているような気がして、あれから『魔界の塔』をやり始め、これからいよいよ最後のボスと戦います。先輩の言うように、負けても何も起きないのが当たり前ですが、もし万が一、僕が新垣のようになったら、先輩が原因を調べてください。お願いします』

国分はまるで数分後に自分の身に起こる出来事を予言しているようだった。自らが『実験台』となったというわけか。

国分が病院に運ばれたという報《しら》せがくる前にこのメールを見ていたら、すぐにメールを閉じていただろう。どうしてこうも執拗に『魔界の塔』にこだわるんだ、俺をからかっているのか、と怒っていたかもしれない。

嵩典は偶然と思いたかった。しかし、国分が『魔界の塔』のプレイ中に倒れたのは明白である。この事実は動かせない。だが現実的に考えて、『魔界の塔』というゲームが原因とはとても思えなかった。そんなことはあるはずがない。

ただ、新垣一弥の例もある。こんな偶然があるだろうか、と考えている自分もいた。

嵩典は迷いを消すように首を振った。この世の中にそんな奇妙な現象はあるはずがないと結論を出した。しかし、胸の中では黒い雲のようなものが広がっているのを感じていた。

国分の病室は５０１号室で新垣とは反対側だった。扉をノックすると、国分の母の声がした。

「どうぞ」

嵩典は部屋に入って、

「どうも、ご無沙汰《ぶさた》です」

と頭を下げた。一応、ベッドの傍に立つ二人の医者にも軽く会釈した。この医者たちが邪魔して国分の顔が見えない。ベッドがふっくらと盛り上がっていることしか確認できない。

「小巻くん、ありがとうね」

「いえ」

「奈美子とすれ違わなかった？　今さっき家に戻ったのよ」

「そうですか。会いませんでした」

本当は会話をする余裕もないくらいに混乱しているに違いない。心配が顔色に出ている。医者も困惑した表情で話し合っている。

「国分は、一体どうしたんですか？」

嵩典は聞いたが、自分で白々しいなと思った。勿論、国分が魔界の塔に疑いをもっていたことは話さない。そんなことを話したって相手にされるはずがないし、頭が変だと思われるだけである。

「今朝、部屋で倒れているのに奈美子が気づいて、様子がおかしかったから慌てて救急車を呼んだのよ」

「様子がおかしかった？」

「ええ」

彼女は目に浮かぶ息子の姿から逃げるように顔を伏せた。

「恐い目にでも遭ったみたいに白目を剝いていたから」

嵩典は心臓を鷲《わし》づかみにされた。次いで背中にジワリと汗が滲《にじ》んだ。喉がゴクリと鳴るのが自分でも分かった。

「白目……」

と彼は思わず口に出していた。

「ここ最近、変だったのよ。普段から部屋に閉じこもってはいたけど、それがひどくなったというか、声をかけても返事はしないし、食事だって摂《と》ろうとしない。どうせパソコンに熱中しているんだろうって放っておいたんだけど」

国分が閉じこもっていたのは魔界の塔をプレイしていたからである。

「午前中は色々な検査をしたわ。でも先生がおっしゃるには、どこにも異状がないらしいのよ」

二人の医者と目が合った。一人は白髪の肥えた中年。もう一人はその助手だろうか、まだ若い。二人の位置が先ほどとはずれていたので、国分の顔がはっきりと見えた。新垣と同じで、顔色を見る限り病人とは思えない。気持ちよさそうに眠っている、ように見える。異常なのは、新垣も国分も目を覚まさないことである。本当に植物状態になってしまったかのように呼吸を繰り返しているだけなのだ。

白髪の医者が国分の母の後を引き取った。

「正直、こちらも頭を抱えています。四日前に彼と同じ症状の患者が運ばれてきたんですが、話によると二人は知り合いだそうじゃないですか」

それを知っていることが自然なのか不自然なのか瞬時に判断がつかず、嵩典は黙っていた。

「最初は過度の疲労が原因かと考えましたが、そうでもないようです。次に、脳か内臓機能に異変が起こったのかと考えたのですが、どちらも正常で、脳波にも異状はありません。そこで私たちはある仮説をたててみました。ひょっとしたら二人は何らかの薬を飲んだのではないか。それでショックを起こしたのではないかと。しかし、それらしき物は検出されませんでした。正直、現段階では八方ふさがりなのです」

嵩典の頭にはいやでも『魔界の塔』が浮かぶ。否定し続けても離れない。彼は、ただ偶然が重なっただけだと自分に強く言い聞かせた。

「今はとにかく、もう少し様子を見てみるしかありませんね。何事もなく彼らが目を覚ますのを期待しましょう。もしそれでも彼らが昏睡《こんすい》から覚めないようならば」

白髪の医者は若い医者と一旦目を合わせ、

「設備の整った大学病院に移っていただくかもしれません」

とバツが悪そうな顔で言った。嵩典は医者の様子を見て、別の気配を感じ取った。

なるほど、設備の整ったと言えば聞こえはいい。しかし、それは家族を納得安心させるための言葉であって、彼らは非常に珍しい症例を研究したいのである。

「どうぞよろしくお願いします」

と医者に丁寧《ていねい》に頭を下げている国分の母が哀れに思えた。医者が出ていった後も、彼女はしばらく頭を上げなかった。ようやく顔を上げると、貧血を起こしたようによろけてイスに座り込んだ。

「突然どうしたっていうの」

母親は頭を抱えて言った。嵩典は母親が俯《うつむ》いているのを見て、国分の傍に立った。

嵩典は国分の顔に手をやった。通常の体温である。まぶたに指を置いて、持ち上げたのは無意識だった。瞬間、彼の心臓は跳ねんばかりになった。眼球に黒い部分はなく、白い球にうっすらと血管が浮かんでいる。ショック死を起こしたかのような目だった。

肝をつぶした嵩典は大きく息を吐き出した。思い出すだけで身体中が震えてきた。

彼の頭には再び、四日前の国分の言葉と、今朝届いたメール文とが渦巻いていた。

「お医者さんの言うように、本当にどこも異状はないのかしら。だったらどうして……」

国分の母は医者を疑うように言った。無理もない。嵩典だって医者の検査を信用しきれていない。どこかに見落としがあるのではないか。異状がない、というのはあり得ないのではないか。

だが、正常ならばとっくに昏睡から目覚めているはずだ。

「きっとすぐに意識は戻ると思いますよ」

嵩典は母親を慰めた。同時に自分にも言い聞かせていた。しかし、胸にかかっている靄は一向に消えない。事実、国分の言葉どおりになったではないか。この現実は否定できない。

だとすると国分の推理どおり、『魔界の塔』に原因があるというのか。

嵩典はすぐにその考えを打ち消した。そんな超常現象を認められるか。

「あの、おばさん」

嵩典は国分に身体を向けたまま声をかけた。国分の母は顔を上げた。

「奈美子ちゃんは、家にいるんですよね？」

二人が昏睡状態に陥ったのは魔界の塔が原因だとは思っていないが、思わずそう尋ねたのは、魔界の塔が気になりだしている証拠だった。

国分の病室を出た嵩典の足は、ひとりでに新垣の病室に向かっていた。ノックをしても反応がないので、嵩典は病室の扉を開けた。

室内は四日前とほぼ変わりがなかった。変わったことといえば、ベッドの横に花瓶が置かれ、花が挿してあるぐらいである。しかし、新垣はそのことを知らない。あれから四日も経《た》ったというのに、いまだ目を覚ましていないからだ。死人と見間違うほど、彼は微動だにしない。毛布の上下の動きが、生きていることを認識させるのみだ。

新垣の姿が国分の姿と重なった。彼らの共通点は『魔界の塔』である。それに間違いはない。新垣は『魔界の塔』の噂を知ってプレイし、昏睡状態となった。それに疑いをもった国分もまた同じく倒れた。この事実は動かせない。偶然が重なっただけと思いたいが、嵩典の心境は複雑だった。

「どなたですか?」

足音にも気づかないほど考えに没頭していたので、嵩典はビクリとなった。そこには、四十代後半と思われる女性が立っていた。華奢《きやしや》な身体である。鎖骨が浮かび上がり、足は今にも折れそうなほどに細い。顔色も健康的ではない。目元にはクマが浮かび、頰はこけている。髪はパサパサで、かなり疲れている様子だった。

一目で、この女性が新垣の母親であることが分かった。

嵩典は軽く頭を下げた。

「国分くんの友人の、小巻です」

彼女は力なく、ああ、という顔になった。

「一弥の母です」

「新垣くんのことが気になりまして。すみません、勝手に入って」

「いえ、どうぞ」

と母親はか細い声で言った。

「昼過ぎに国分の妹さんから連絡があって、驚きました。新垣くんとまるで症状が同じだったものですから」

「突然だったので、私も驚いていますす」

「検査の結果、どこにも異状がないと聞きましたが」

母親はゆっくりと頷いた。

「今日も検査がありました」

嵩典は、どこかに異状があることを期待した。しかし彼女は首を振った。

「でもやはり原因がつかめないというんです」

母親は内心相当混乱しているようだが、気をしっかりもつんだ、と自らに言い聞かせているようだった。

「今思えば、倒れる三日ほど前から一弥の様子がおかしかったのは確かです。急に部屋に閉じこもって、何かコソコソとやっているようでした。テレビゲームでもやっていたのでしょう。だから最初は、過労で倒れたんじゃないかと思いました。そう思うくらいに何かに熱中しているようでしたから」

無論、『魔界の塔』である。

「でも、熱中していたのがテレビゲームだとしたら意外です」

倒れた二人の母親は、全く同じ言葉を口にした。

嵩典は母親の目を見た。

「意外？」

彼は期待の混じった声の調子になった。

「だって今まで、テレビゲームなんてほとんどやったことのない子だったんですよ。話題に遅れるのが嫌だからって、ゲームは今までにいくつか買ってましたが、何日も部屋に閉じこもってゲームをやるなんてこと、今までありませんでした」

それを聞いて嵩典の中で疑問が生まれた。

ゲームにあまり関心のない新垣が『魔界の塔』の噂を知ったのはなぜだ。この答えは容易に想像できる。友人と会話している最中にそれが出たのだろう。だが一番の疑問は次である。ゲームに興味のない彼が、なぜそこまで執拗に噂の真相を追ったのか。

友人と賭《か》けでもしたのか。それとも意地か。考えられるのは前者だが、ゲームに関してあまり知識は深くないだろうし、自信だってなかっただろう彼が、果たしてそんな賭けに乗るだろうか。

どうも腑《ふ》に落ちない。嵩典は他の理由を考えてみたが、すぐには何も思いつかなかった。

嵩典の困惑する顔を見て新垣の母はハッとしたように口を開けた。

「ごめんなさい、関係のないことばかり話して」

「いえ」

母親は、思い詰めたような目を息子に向けた。

「とにかく今は、一刻も早く意識が戻ってくれるのを祈るだけです」

先ほど母親がテレビゲームの話をしたのは無意識だろうが、嵩典は、国分が母親の口を使って言ったような気がしていた。

『魔界の塔』が全身にまとわりついているようだった。いや、縛りつけられていると言ったほうが正しいだろうか。頭の中は完全に『魔界の塔』に支配されている。

しかし、それを国分と新垣の身に起きた奇妙な現象と繋げてはならない。正直、ほんの一瞬疑いを抱いてしまったのは確かである。嵩典は、こんな考え方は自分らしくないと首を振った。滑稽にさえ思った。

5

この日の気温は異常に高く、少し歩いただけでも汗が滝のように流れた。熱気が全身を包み、嵩典はぼんやりとなった。

国分家の屋根の下に逃げ込んでも暑さはそう変わらず、嵩典は助けを求めるようにインターホンを三度連続で押した。小巻です、と告げると、中から奈美子が出てきた。

「どうしたんですか、小巻さん」

彼は奈美子のわきをすり抜けて玄関に素早く入り込んだ。家中に冷風が行き渡っており、嵩典は生き返った心地がした。彼はお構いなしにまだTシャツをパタパタさせている。ようやく奈美子の視線に気づき、嵩典は暑さを忘れた。そうだ、相手は奈美子である。国分ではないのだ。つい癖が出てしまった。

「久しぶり」

と誤魔化したが、通用する相手ではなかった。彼女は兄と違って頭の回転が速いし、成績も優秀である。今年高校三年になった彼女は、国立大学を受験するそうだ。嵩典の無意識から出た行動に、まだ奇異な表情を浮かべていた。

「さっき、病院へ行ってきた」

そう言うと、奈美子の声は沈んだ。

「そうですか」

深刻そうな表情を見せる彼女に、

「大丈夫だよ。すぐに意識は戻ると思うけどな」

と、あえて軽い調子で言った。

「そうですね」

それでやっと奈美子は微笑を見せた。

「それより、ちょっと上がってもいいかな」

奈美子は目を丸くした。

「ええ、いいですけど。どうかしましたか？」

「大したことはないんだ。国分に貸してた物があって、それを取りに来たんだ」

彼女のことだ、こんな時に不謹慎なのではないかと思ったはずだ。案の定、

「はあ？」

という不機嫌な声が返ってきた。しかし、そんなことに構ってはいられない。彼は靴を脱ぎ二階に向かった。この家には何度も上がっている。慣れた足取りだった。

国分の部屋の扉を開けると、もわっと生ぬるい風が吹いてきた。同時に、タバコと生ゴミが混じったような独特の臭い《にお》が鼻をついた。換気をしていない証拠だろう。窓も開けずに部屋に閉じこもっていた国分の姿が目に浮かぶ。


嵩典は明かりをつけた。部屋はひどい汚れようだった。パソコンの置かれた机の周りは菓子袋やインスタントラーメンの容器、それとジュースのペットボトルに支配され、床にはぐしゃぐしゃに乱れた布団や、漫画本、パソコンゲームの攻略本が散らばっている。

その中央に、プレイステーション2の本体が置いてあった。テレビの電源も本体のスイッチも切られている。もしゲーム機のスイッチがついていたなら、国分が言っていたように画面にはボスの台詞《せりふ》が映っていただろうか。

『お前も、石にしてやるわ』

嵩典は目を本体に据えていた。

「どうやら兄はずっとプレステをやっていたようです。ゲームをしている最中に倒れたみたいです。テレビもゲームも電源はついたままでした」

後から階段を上がってきた奈美子が横から言った。

「そう」

返事しながら嵩典は、ゲーム本体の蓋を開けた。その中にゲームソフトが入っているはずだ。あった。新垣一弥の部屋から持ち出してきた、これが『魔界の塔』である。彼は適当なCDケースを拾い上げるとそれを入れ、短パンのポケットにしまった。その動作を、奈美子が怪訝《けげん》そうに見ている。

「それ、ですか?」

嵩典はバツが悪そうに頷いた。

「ああ、まあね」

目的がゲームソフトだったと分かり、奈美子は呆れたようだ。それなら今でなくてもいいではないかと言いたげである。嵩典は逃げるようにして国分の家を出た。奈美子は一応見送ってくれたが、扉は乱暴に閉まった。嵩典は国分家から少し離れたところで足を止め、CDケースの蓋を開けた。太陽の光がソフトに反射して、嵩典の顔を眩《まぶ》しく照らした。

これを国分の部屋から持ち出してきたのは、国分の言葉を信じたわけでも、超常現象を認めたからでもない。嵩典の中にあるのは単なる興味だ。それ以外にない、と嵩典は強く自分に言い聞かせた。

国分は噂を信じているようだったが、絶対に倒せない敵などあるものか。そんな敵がいるなら見てみたいものだ。彼は根っからの『ゲーマー』である。絶対に倒せないボスがいると聞き、闘志を燃やすのは当然だった。

嵩典は特にRPGには自信があった。これまで、ドラゴンクエストやファイナルファンタジーといった人気RPGは勿論、その他にも多くのRPGをクリアしてきた。挫折したRPGは一つもないのである。クラスの連中が手こずっているゲームをクリアし、それを自慢げに聞かせるのがたまらなく快感だった。その日だけは英雄になれるのだ。

『魔界の塔』も例外ではない。この手でねじ伏せてやろうではないか。そして、意識を取り戻した国分に得意げに言ってやるのだ。あんな簡単なゲームはなかったと。彼にはそう言える自信があった。

6

嵩典は弁当やスナック菓子や飲み物、そしてタバコをカートンで買って自宅に戻った。扉の開く音が聞こえたのだろう、キッチンから母親の声がした。

「嵩典、帰ったの？」

母親は振り返りもせずにそう言ったが、嵩典が帰ってきたのは容易に分かる。

嵩典には三つ上の兄がいる。彼と違って兄は優秀で、現在大手企業の本社勤めだが、勤務地は大阪だ。父の帰りはいつも遅いので、夕方前に帰ってくるのは嵩典しかいないのだ。

「今日は夕食食べるの？」

再びキッチンから声が届いた。これは母親の口癖のようになっている。嵩典はコウモリのように夜になるとふらりと家を出ていくので、夕食を摂るか摂らないかいつも聞いてくる。今夜は家にいるつもりだが、夕食は自分で買ってきていた。ゲームに熱中する時はいつもそうしている。少しの時間も無駄にしたくないからだ。

「いらない」

と言って自分の部屋に向かった。

嵩典は部屋に入ってすぐに冷房をつけた。窓を閉めきっていたので部屋の中は蒸し風呂のようだ。設定はいつも十六度にしてある。あっという間に室内は冷えた。寒いくらいだが温度は変更しない。真夏日に、少し震えながらゲームをしたりマンガを読んだりするのがたまらなく気持ちいい。

次に、最近ご無沙汰だったプレイステーション2をテレビ台の棚から引っぱり出した。多少埃《ほこり》を被っているが問題ない。蓋を開けると格闘ゲームのソフトが入っていた。それを適当に放って、『魔界の塔』をセットした。

そういえば家でゲームをするのは久々だな、と彼は思った。今はゲームセンターに通う日々だが、昔は部屋に閉じこもってテレビゲームをしていたものだ。小学生の時にファミリーコンピューターが流行《はや》り、彼はスーパーマリオブラザーズでデビューした。特に記憶に残っているのはドラゴンクエストシリーズだ。

当時、ドラゴンクエストは社会現象にもなった。入手困難なドラゴンクエストを、予約で購入した者から奪おうとする者が現れ、『ドラクエ狩り』とまで言われた。

嵩典は人一倍『ドラクエ』にはまった。主人公になりきり、毎日寝ずにプレイしていたのを今でも憶《おぼ》えている。あの頃は戦闘シーンや設定等、何もかもが新鮮だったが、あれからゲーム業界は飛躍的に進化し、今の画質や音は当時とは比べ物にならない。ゲームが人間の動きを忠実に再現したリアルな動きと臨場感のある音を生むことに成功するなんて、昔は想像もできなかった。

嵩典がゲームのスイッチを入れると、真っ暗な画面にゆっくりと映像が現れてきた。靄のかかった岩の塔をバックに、『魔界の塔』とタイトルが浮かび上がる。彼は『ＮＥＷＧＡＭＥ』を選択し、プレイをスタートした。

どうやら、主人公の名前は初めから決まっているようだ。名前は『カイト』である。しかし嵩典はその設定に腹を立てた。ＲＰＧというのは、主人公に自分の名前をつけることでより冒険を楽しめるものである。愛着だって湧く。これでは一体感も何もないではないか。早くもやる気が失せる。

物語の簡単な内容はこうだった。

主人公の生まれ育った村の城から、姫と、村に代々伝わる勇者の剣が、魔王ザンギエスによって奪われた。村の勇者に選ばれた主人公は魔王の棲《す》む魔界の塔を目指し、姫と勇者の剣を取り返しに行く——という、ＲＰＧではありきたりな流れであった。

面倒な作業は抜きにして一気に魔界の塔に行ければいいのだが、それではゲームが成り立たない。彼は仕方なくコントローラーのボタンを適当に押し、村長の話を面倒くさそうに読んでいく。

どうやら主人公はまず、二人の魔法使いを仲間にしなければならないようだ。嵩典は村長から安い武器とぼろの防具を受け取り、とりあえず村を出てみることにした。その瞬間に敵との戦闘が始まり彼は舌打ちした。だが、身体が徐々に熱を増してくるのを自覚した。

嵩典はまず先々に備えてレベルを上げることに専念した。型にはまった進め方は自分らしくないと思ったが、今回は無茶なプレイは避けたかった。最終ボスに辿り着くまでにゲームオーバーを繰り返していては先が思いやられるし、何より時間の無駄である。とはいえ、物語を進めることは我慢し、まずは村の周りを徘徊《はいかい》して敵の出現を待ち、戦闘を行って経験値を稼ぐ、という繰り返しは苦痛であり苦行だった。とにかく単調である。そんな作業に早くも嫌気がさした。今後のためだと分かっていても、こんなにも虚《むな》しい作業はないと思った。『魔界の塔』は序盤から広大なマップである。こんな村の片隅に留まっていないで、もっと遠くへ移動して様々な敵と戦いたいという衝動があったが、我慢してプレイを続けた。

せめて、主人公の名前が『タカノリ』であれば、自分の成長を楽しめるが、主人公は『カイト』である。そのせいでどこか乗りきれない。ゲームの中に入り込んでいる感覚を味わえなかった。

嵩典はレベルを上げる作業にたっぷり二時間費やした。やっとレベル15に達し、村の周りにいる敵は勿論、少し離れた場所に出現する敵も一撃で倒せるまでに成長していた。

彼は、そろそろ一人目の魔法使いを仲間にしようと考えていた。故郷を離れて隣の村に行くと、魔法使い『トール』は北西に位置する氷の洞窟《どうくつ》へ猛獣退治に出かけているという情報を手に入れた。彼は情報を提供してくれた者から松明《たいまつ》を受け取り、氷の洞窟を目指した。洞窟を見つけて中に入り松明をつけると、暗闇《くらやみ》の洞窟内がそこだけ明るくなり移動しやすくなった。

迷路のようになっている洞窟の中を勘を頼りに進んでいき、ようやく魔法使い『トール』を発見した。先の尖った帽子を被り、紫のマントを羽織った彼は、キングコングのような猛獣と戦っている。両者の前に立ちボタンを押すと、苦戦しているトールから助けを求められ戦闘が始まった。

しかし大したことはなかった。戦闘は一、二分で終了した。あまりの弱さに拍子抜けしたくらいだ。猛獣の体格は主人公の十倍はあり、見た目は手強《てごわ》そうだったが、しょせん蒿典の敵ではなかった。レベルを十分に上げていたため、猛獣を難なく退治してトールを仲間にした。この調子ならばもう一人の魔法使いを仲間にするのも容易だろう。

一人目の仲間トールは回復系の呪文《じゅもん》が使えた。これは有り難かった。持ち運べる回復薬が切れてしまったら、そのたびに城か村に戻らなければならないからだ。もっとも、トールがもっているマジックポイントが0になってしまえば呪文は使えなくなり、城か村の宿に泊まらなければ回復しない。しかし、仲間がついたことによって戦闘が有利に進むのは明白である。これから先は、敵の数も強さも今までとは比べ物にならないだろうが、それはゲーマーとしての勘と技術で補えばいい。

事実、嵩典は足踏みすることなくゲームを進めていった。氷の洞窟から更に北に進むと関所があり、番兵から情報を得た。

どうやら関所を越えて西に進むと『迷いの森』があるらしく、そこで二人目の魔法使い『ドロン』が修行をしているようだ。嵩典は番兵の言うとおり西に向かい、雑魚敵を倒しながら迷いの森に入った。

名前どおりの入り組んだ地形で、『ドロン』の居場所がなかなかつかめず苛立ったが、迷っている最中にも敵は容赦なく襲ってくるので経験値を稼ぐことはできた。

二人目の仲間ドロンは、大木に向かって魔法を唱え炎を発していた。主人公が話しかけなければ、彼は永遠に魔法を唱え続けるだろう。少し意地悪しようとタバコを吸って眺めていたが、時間の無駄だと気づいてドロンに話しかけた。

ドロンは、カイトが来るのを待っていたという。国王にカイトの助っ人となるよう命じられたそうだ。それならば最初から城で待っていろと言いたかったが、それではＲＰＧにはならない。ゲームの技術は進化しても、昔からプレイヤーの都合の悪い方向に進んでいく流れは変わらない。

またそうでなくてはゲームとして面白くない。

無論、迷いの森を何事もなく抜けられるはずはなかった。ドロンが仲間になった途端にボスが現れるのは予測の範囲であったし、自然といえた。

今度のボスは斧《おの》を持った巨大熊である。森を出たければ私を倒していけというのだ。嵩典は今回はさすがに手を焼くのではないかと思ったが、これも案外簡単に退治し突破することができた。

この調子ならすぐに最終ボス、ザンギエスの元に辿り着けるのではないか。

いやいや慢心してはならない。嵩典は今回、ある目標を立てていた。エンディングまで一度もゲームオーバーにならないというものだ。油断していてはたちまちやられてしまう。どうやら『魔界の塔』は、二人の魔法使いを仲間にしたところからが本当の始まりのようだ。改めて気を引き締めなければならなかった。

しかし序盤戦があまりにも順調だったので、嵩典の心に少し余裕が生まれたのは確かだった。そこで初めて身体の疲労を感じた。それも当然である。時計を見ると開始してから四時間が経っている。外はすっかり夜になっていた。気づけば暗がりの中でコントローラーを握っていたのだ。道理で目も疲れるはずである。

嵩典はタバコの箱から最後の一本を取り出し一服した。白い煙が目に染みる。灰皿は吸い殻の山になりかけていた。無意識のうちに何十本も吸っていたらしい。煙を吐くと冷房の強い風で一瞬にして消えた。

ぼんやりしていると、ふと国分と新垣の顔が浮かんできた。二人はまだ目覚めないのだろうか。もう何日かすれば、何事もなかったように意識を取り戻すような気もするが……。

そう楽観的に考えると今度は違う闘志が湧いてきた。二人はどれくらいでザンギエスの元に辿り着いたのだろうか。素人《しろうと》の二人に、熟練の技術をもった俺が負けたら恥だ。俺は奴らの半分の時間でクリアする、と心に決め、時間を確認した。ちょうど午後九時だった。

嵩典の闘争心に火がつくと、主人公の動きも変化したようだった。嵩典は全神経を画面とコントローラーに集中させた。いよいよ本領発揮である。無駄な動きは一切省き、慎重かつ大胆に物語を進めていった。

序盤から中盤にかけての作業は速攻だった。あれから小ボスを何体か倒し、二人目の仲間ドロンの持つ瞬間移動魔法でマップが変わると終盤戦に突入した。

大変だったのはその先だ。今度は四体の中ボスと戦わなければならなかった。どうやら魔界の塔に張られている結界を破るためには、水、風、火、土の名称を持つ、四つの水晶を手に入れる必要があり、それらは四体の中ボスが所持しているというのだ。四体を一度に相手にできれば楽なのだが、勿論そういうわけにはいかなかった。相手の待つ城や洞窟等に向かい、中ボスに辿り着くまでにも鍵を探したり、呪いのかかった扉を開くために仲間に呪文を覚えさせたりと、相当な手間と時間がかかった。とはいえ、『魔界の塔』は頭を抱えるほど難易度は高くなく、疲労は溜まるが経験者から見るとむしろ難易度は低いといえた。なぜ二人が最終ボスを倒せなかったのか不思議なくらいである。嵩典はまだ一度もゲームオーバーにはなっていない。さすがに最後の中ボスには少し手こずりはしたが、やられることなく四つ目の水晶を手に入れた。

これで魔界の塔に張られている結界を解くことができる。そしてついに、最終ボス、ザンギエスとの直接対決が始まろうとしている。

嵩典は最終決戦を前に一応メモリーカードにゲームを記録することにした。ファイル名は『タカノリ』にした。これで万が一停電したり、ふとした拍子で電源が切れてしまっても、この場からゲームを再開できる。

一段落ついたところで、少し休憩を入れた。身体の節々が痛い。首も肩も石のように凝っている。久々にタバコを吸うと妙にうまく感じた。それもそのはずである。時計の針は朝の九時をさしていた。あれから十二時間も経ったのか、と溜息をついた嵩典はすぐに自分の勘違いに気づいた。携帯に表示されている日付に違和感があった。

そうか、と彼は合点した。前回時間を確認してから実に三十六時間も経過していたのだ。いつの間に二晩も経っていたのかと、自分の病的ともいえる集中力が可笑しかった。

7

嵩典は休憩もほどほどに、すぐにコントローラーを手に取った。いよいよ最終決戦である。約四十時間かけて、ようやく最後の舞台に立とうとしている。思い返せば長い旅だった。国分と新垣が倒せなかった魔王ザンギエスとはどれほどの強敵だろうか。自然と鼓動が速くなる。湧き上がる興奮が眠気を吹き飛ばした。

主人公一行は目の前にそびえ立つ岩の塔の入り口手前で立ち止まり、四つの水晶を取り出した。すると水晶は点滅し、合体し、閃光《せんこう》を放った。

画面がフラッシュすると、塔に絡みついていた靄が消えてゆく。中に入ろうとすると予想外のことが起きた。塔内にいる魔王ザンギエスの魔法によってトールとドロンの二人が石にされてしまったのだ。これにはさすがの嵩典も悩んだ。魔法が使えないとなると戦闘は不利になる。絶対に最終ボスが倒せない理由とはこれかな、と一瞬思った。

いやいやそんなはずがあるか。エンディングのないＲＰＧなど彼は知らない。ボスは必ず倒せる。そんな噂はデタラメである。

これに関してはいくら考えたところで仕方がなかった。最後は一対一という設定になっているのなら従うしかない。

慌てることはなかった。主人公のレベルは79もあるし、回復薬は最大数ある。武器や防具も申し分ない。これで倒せないわけがない。

全ての準備は整っている。嵩典は塔に足を進ませた。だが、すぐにコントローラーから指を離した。嵩典は、石にされてしまった二人の仲間にじっと視線を据えた。昏睡状態に陥った二人の姿が頭の中を掠《かす》めた。

嵩典は自嘲気味に笑った。一瞬でも現実とゲームを重ねた自分が馬鹿馬鹿しくなった。

気を取り直して塔に入ると、勇壮な音楽が一変した。パイプオルガンが不気味さの漂う音楽を奏でる。微かではあるが魔王ザンギエスの笑い声も響いている。主人公はランダムに現れる敵を倒しながら、ロウソクが無数に立てられた階段を上っていく。

どうやら五階が最上階らしかった。真っ直ぐに敷かれた赤い絨毯の上を進んでいくと、そこに最終ボスである魔王ザンギエスはいた。ドクロの顔をした猛獣は、巨大な棍棒と盾を持っている。ボスは主人公の何倍もある大きなイスに座って待っている。余裕の態度だった。

とうとう両者は対峙したのだ。嵩典は自信に満ち溢《あふ》れた顔でボタンを押した。

『わざわざ死にに来たようだな、カイト。伝説の剣はお前に似合わぬ。貧弱なお前が手にしたところで扱いきれぬ。お前も姫や仲間のように石にしてやろう』

そうか、姫は石にされたのかと今更知った。毎回、村長や村人との会話は飛ばしていたので細かい部分を嵩典は知らない。彼くらい熟練したゲーマーにとっては、内容を把握していなくてもゲームは進められるものなのだ。

その後のザンギエスの長い台詞が終わると、いざ戦闘開始である。嵩典は早速『攻撃』を選択しザンギエスに先制攻撃を食らわせた。渾身の一撃でもないのに、ザンギエスに311のダメージを与えた。これは意外だった。ザンギエスは予想よりも遥かに防御力が低い。その代わり攻撃力が凄《すさ》まじいのかと覚悟したが、思ったほどでもなかった。320程度のダメージしか食らわないのである。主人公の体力は2500ある。ザンギエスの体力がどれほどかは知らないが、こちらには回復薬がたくさんある。ザンギエスが回復魔法、もしくは回復薬を使うとなると互角の戦いになりそうだ。嵩典はしばらく戦況を見守ることにした。

しばらくの間、一進一退の攻防が続いたが、十回目の攻撃で勝利を確信した。どうやら魔王ザンギエスは回復魔法も回復薬も使わない。それに対しこちらにはまだまだ回復薬がある。勝利は時間の問題と見てよかった。なぜ、絶対に最後のボスが倒せない、などという噂が出回ったのか、不思議でならない。ごくごく普通のRPGではないか。もっと難解なRPGを嵩典は見てきている。手応えがなさすぎて落胆した。もっと胸が熱くなるような戦いを期待していたからだ。

あまりに拍子抜けしてしまい、ここでゲームをストップしようとした。だが、さすがにそれは止めた。どんなゲームであってもやはりクリアしなければ後味が悪い。

いよいよザンギエスが赤く点滅し始めた。しかし期待も興奮も何もなかった。嵩典は薄笑いを浮かべた。これだけ長い時間をかけてこの内容なのだ。笑うしかなかった。

あとは壁によりかかって適当にボタンを押し続けるだけだった。あと一度か二度攻撃すればザンギエスは倒れる……。

おかしい、と思ったのはその直後だった。ザンギエスが点滅を始めてから四回連続で攻撃がかわされたのである。さすがに変だと、嵩典の表情から余裕の色が消えた。それまでの自堕落な姿勢から、画面を覗《のぞ》き込むようにして顔を近づけた。

当たらない。先ほどまでの主人公の強さが嘘《うそ》のように攻撃が当たらなくなった。

どうしてだ、と嵩典は独り言を言った。低いが、焦りと苛立ちの声だった。

そんなはずはない、とボタンを連打する。だが結果は同じだった。いくら攻撃しても命中しない。そのくせザンギエスの攻撃は食らうのである。

この繰り返しにだんだんと腹が立ってきた。何なんだこれは、と頭の中で叫んだ。機械の故障かとも思ったが、そんな様子ではない。だったらなぜ当たらないのだ。

攻撃を食らい続けるだけではない。回復薬が底をつこうとしていた。

一旦冷静になれ、と嵩典は自分に言い聞かせ、ボタンを押すのを止めた。トドメを刺す道具があるのではないかと道具一覧を見てみたが、それらしい物はないし、そんな物がないのは自分が誰よりも知っていた。主人公は魔法を使えないので剣で攻撃するしかないのである。

嵩典はある選択肢に注目した。『逃げる』だ。

もしかしたら一旦逃げて、再度戦いを挑むのではないかと考えた。

しかしその予測は外れた。逃亡は失敗し、また攻撃を受けたのである。だったらどうすればいいのか嵩典は方法を探すが良案は見つからない。

残り一個となった回復薬を使ってしまったため、いよいよ追い込まれた。次が主人公の最後の攻撃になりそうだった。もし外せばザンギエスから攻撃を食らい、ゲームオーバーである。

結局いい方法は何も浮かばず、最後の攻撃はやけくそに近かった。それでも多少の期待はあったが、プレイヤーを嘲笑うかのようにザンギエスは簡単に攻撃をかわした。

これで敗戦は明らかになった。主人公が倒されるのは時間の問題である。いくらもがいてもこの事実はひっくり返せない。

嵩典は画面を真っ直ぐに見つめる。急に心臓が暴れだした。その理由は分かっている。しかし嵩典はそれを認めなかった。

とうとう画面に、『魔王ザンギエスの攻撃』と出た！

8

タバコの灰がポトリと膝に落ちると、嵩典は我に返った。十六度に設定された室内は冷えきっているが、背中には嫌な汗が流れていた。

画面は暗くなっていた。攻撃を受ける直前、白目を剝いた国分の姿が脳裏を過《よ》ぎると、無意識のうちに右手はゲームのスイッチに伸びていた。電源を切ったのである。その動作が何を意味するか嵩典は自覚していた。

超常現象など今だって信じていない。しかし逃げたのは確かだった。あの瞬間、胸騒ぎをおぼえた。ゲームが突然変調をきたしたのが大きな原因である。あれは明らかにおかしい。

なぜ突然、攻撃が命中しないようになったのか。いくら考えても原因はつかめないが、一つ判明したことがある。噂はこれをさしていたのだ。攻撃が当たらないのだから、ボスを倒せるはずがない。これは制作者側の狙《ねら》いか。嵩典はそれはあり得ないと思った。そんなゲームを創《つく》ったら苦情の嵐になるのは目に見えている。ならば故障か。だがそんな様子ではなかった。

だったらなぜだ。

嵩典は静かにタバコを吸っていたが、心の中では嵐が吹き荒れていた。

四十時間以上もぶっ通しでゲームをやり続けていた嵩典は、敗北した瞬間に集中力が切れた。同時に、胃が空腹を訴えていることに気づいた。飲まず食わずでプレイしていたのだから無理もない。冷えきった部屋に閉じこもっていたせいで、家から外に出た途端に身体が怠《だる》くなった。気温の突然の変化に身体がついていかずダラダラと汗が流れた。

嵩典は急いでコンビニに駆け込むと、弁当とアイスと飲み物を買い、身体を十分に冷やしてから外に出た。

早速アイスを手に取り齧《かじ》りついた。口の中に甘みが広がると脳まで生き返ったようになった。暑い中、キンキンに冷えたアイスを食べるのは実に爽快だった。

満足感に浸っていると、

「あれ、小巻くんじゃないですか？」

と後ろから声をかけられた。振り返るとゲーセン仲間の藤井《ふじい》が立っていた。この暑さの中、藤井は黒いシャツにジーパンという暑苦しい姿だった。それなのにメガネの奥の目は涼しげである。嵩典とは対照的に、汗一つかいていない。

「珍しいですね。こんな早くに小巻くんが外に出てるなんて」

ニートに対する嫌味に聞こえるが、藤井は嫌味で言っているのではない。彼もそれと似たようなものだ。藤井の場合、週二回ほどスーパーでアルバイトをしているのが救いである。

「そういえば昨日も一昨日もレッドに来ませんでしたね。どうしたんですか?」

同い年だというのに彼はいつも敬語で話しかけてくる。癖なのか、ひょっとしたらゲームの腕が人一倍優れている嵩典に敬意を表しているのかもしれない。

嵩典はアイスの棒をゴミ箱に捨てると、タバコを一本取り出した。

「ちょっとはまってるRPGがあってよ」

ゲームの話題になると、藤井は途端に目を輝かせた。

「何ていうゲームです?」

「『魔界の塔』って知ってるか?」

「うーん、聞いたことあるような、ないような。かなり前のソフトですよね」

「その最終ボスがなかなか倒せなくてな」

彼は、噂のことを口にしようかどうか迷った。

「さっきまでプレイしてたんだけど、まだクリアしてない」

藤井は意外な顔を見せた。

「小巻くんでも、難しいと思うゲームがあるんですね」

そう言われて少し悔しかったが、表情には出さなかった。

「まあな」

嵩典はタバコの灰を落として、気軽な調子で聞いてみた。

「実はよ、その『魔界の塔』の最終ボスが絶対に倒せないようになってるっていう噂があるんだけど」

「絶対に倒せない？」

藤井は真顔で復唱したが、

「そんなゲーム、あるわけないじゃないですか」

と呆れた。果たして、想像したとおりの反応である。これが当たり前なのだ。

「それにしても、最強だと思ってた小巻くんがなかなかクリアできないなんてねぇ」

よほど嵩典を崇拝しているのか、藤井は憮然《ぶぜん》とした様子だ。

「……最強か」

そう呟《つぶや》いた時、嵩典は全身に電撃が走った。

そうだ、魔王ザンギエスを倒せる可能性が一つだけあるではないか。

急いで自宅に戻った嵩典はゲーム機の電源を入れた。『CONTINUE』を選択し、ファイル名『タカノリ』を選び、ゲームを再開した。

再開場所は、最後の中ボスがいた『霊魂山』である。すでに水晶は四つあるので、本来なら結界の張られた魔界の塔に行く流れであるが、今回はそうせずに敵の出現を待った。雑魚敵との戦いを繰り返して、レベルを最大の99まで上げて最終決戦に臨む作戦だ。それは閃《ひらめ》きではなく、どちらかというと、思い出した、といったほうが正しかった。彼は過去にいくつかのRPGゲームで、何度か主人公を99レベルまで上げている。しかしそれは、どこまで強くなるのかという興味と、『タカノリ』の成長を楽しんでいただけで、決してその作業に本腰を入れていたわけではない。要するに暇つぶしだった。最大までレベルを上げなくとも簡単にゲームはクリアできるものだ。だが今回は違う。最大まで上げなければ倒せないと思った。

現在のレベルは79。最大の99まで20レベルあるが、序盤とは勝手が違う。それだけ上げるのは容易ではないし、相当な時間と体力を使うのは分かっている。また根気も必要である。だが試すしかないのだ。ザンギエスは意地でも倒すと心に決めた。

覚悟はしていたが、それでも作業は想像以上に苦痛だった。霊魂山の周りを彷徨《うろつ》き、同じ雑魚敵と何百回と戦うのだ。その間、嵩典は一度も部屋を出ず休憩も取らなかった。これは地獄といってても過言ではなかった。みるみる疲労が押し寄せ、力なく壁によりかかってゲームをやり続ける姿はまさしくニートの模範だった。

再開してから十時間が経ってもレベルは最大値に達しなかった。部屋が真っ暗になっても、立つのが億劫《おっくう》で明かりをつけようとは思わなかった。テレビの明かりで十分だった。カートンで買ったタバコもいよいよ底をつこうとしている。灰皿はいまだ吸い殻で山盛りになっており、吸いさしを置くスペースはなくなっていた。仕方なくペットボトルを灰皿代わりに使っていたが、使いにくくて苛々した。しかし怒りを表せるほど体力は残っていなかった。

最大値のレベル99に達したのは、翌日の午前四時だった。しかし、歓喜の気持ちはなかった。あるのは疲労感だけである。嵩典はまぶたが下りてくるのを我慢して、魔王ザンギエスの元に向かった。

しかしその努力は無駄に終わった。前回と同じように序盤は倒せそうな雰囲気なのだが、ザンギエスが点滅を始めてからは突然様子がおかしくなる。そこからどうしても攻撃が命中しない。主人公は最強のはずなのに、だ。

約二十時間かけてこつこつとレベルを上げたが、徒労に終わった。攻撃が当たらなくなった時点で、これ以上やっても無駄だと悟り、ゲームの電源を切った。やる気をなくした瞬間だった。嵩典はコントローラーを乱暴に投げつけて、ベッドに倒れ込んだ。

9

嵩典は携帯電話の音で起こされた。空には夕闇が迫っている。時計の針は夜の七時をさしていた。あれから十五時間も眠っていたことになる。眠りすぎたせいか身体が重い。意識もぼんやりしている。

電話はしつこく鳴り響いている。嵩典は鬱陶しそうな声で電話に出た。

「もしもし、嵩典くん？」

電話口から聞こえる、市川絵里香《いちかわえりか》のとろくて舌っ足らずの声が嵩典を苛々させた。寝起きなので尚更だった。

「なんだ」

思わず不機嫌な声になった。しかし、絵里香には効果はなく、屈託のない声で言ってきた。

「今何してんの？　ご飯食べに行こうよ」

嵩典の眉間《みけん》にぐっと皺《しわ》が寄った。

「あ？　メシだと？」

今、頭の中はそれどころではない。こんな女に時間を使っている暇はないのだ。

「さっきね、バイトの給料が入ったんだぁ」

絵里香は語尾を上げて嬉《うれ》しそうに言った。

「何だって?」

途端に嵩典の表情と声色がガラリと変わった。頭の中ではすでにいつものコースを思い浮かべていた。

「じゃあ、駅前の古本屋に来いよ。そこで待ってる」

絵里香にそう命令した嵩典は一服してから家を出た。数分後のことを考えるとひとりでに歩調が早まった。

古本屋に着いた嵩典は魔界の塔の攻略本がないか探してみた。しかし、ゲームコーナーをひととおり見てみたが、それらしい本は見つからなかった。魔界の塔が出たのは数年前だから、普通の本屋に攻略本は置いていない。だからこそ古本屋に目をつけたのだが無駄だった。もっとも、攻略本が出ているかどうかも不明だが、あるとすれば是非手に入れたい。そこにザンギエスを倒す方法が載っているはずだ。かつて一度も攻略本に頼ったことはないのでプライドが許さないが、今回ばかりはお手上げである。こんな屈辱は初めてだった。

「どうしたの嵩典くん、難しい顔して」

いつの間に横に立ったのか、ゲームのことばかり考えていた嵩典は声をかけられるまで気づかなかった。

「お待たせ」

と絵里香は満面の笑みで言った。嵩典は彼女のファッションを見て口元が引きつった。二十四歳にもなって今流行りのメイドのような格好をしてきたのだ。フリルのついたカチューシャをしていないのが救いだった。

しかしこれはないだろう、と嵩典は呆れた。

よほど気合いを入れてきたつもりだろうが、これで自分が可愛《かわい》らしく見られると思っているとしたら、勘違いも甚《はなは》だしい。一緒に歩く身にもなってもらいたいものだ。本当ならここで別れるところだが、少しの辛抱だ、と自分に言い聞かせ、機嫌のいい自分を演じた。

「メシ行くか」

と言って嵩典は古本屋を出た。少しでも絵里香との距離を置こうと足早になった。後ろから舌っ足らずの声が何度も聞こえてきたが一度も振り返らなかった。

二人が入ったのは、結局いつものファミレスだった。なるべく人目につきにくい隅の席を探した。

窓際の席に座りメニューを開くと、絵里香は嬉しそうに言ってきた。

「今日は何でも食べていいからね。お給料入ったから」

勿論そのつもりである。遠慮する気は全くない。少しでも遠慮する気持ちがあるなら絵里香と会うはずがない。しかも本来の目的は食事ではないのだ。

嵩典はテーブルの隅に置いてあるボタンを押して店員を呼んだ。注文している最中、店員は終始絵里香の格好に、奇異なものを見るかのような視線を送っていた。嵩典はそれが気になって仕方がなかった。店員は二人が恋人同士だと思っているに違いない。俺は彼氏ではないんだ、と嵩典は誤解を解きたくてたまらなかった。

店員が去ると、絵里香はまた不気味なほどの笑顔を見せた。

「久しぶりに会えて嬉しいな」

その言葉に嘘はないようだった。今に鼻歌でも歌いだすのではないかと思うくらい、相当胸が高鳴っている様子だ。そんな彼女に対し男の温度は低かった。

嵩典は彼女を一瞥《いちべつ》すると、

「ああ、久しぶりだな」

と言って外の景色を見た。絵里香の強い視線はそのままである。

「ジュース持ってこいよ。俺コーラね」

嵩典はドリンクバーを指さして言った。

「うん、分かった」

絵里香は使いっ走りの扱いを受けても、それはそれで嬉しいようだった。その後ろ姿を見つめながら嵩典は溜息をついた。

絵里香は三ヶ月前までレッドハウスの店員だった。以前からお互いの存在を知ってはいたが、会話を交わしたことは一度もなかった。最初に声をかけたのは意外にも嵩典で、絵里香が店を辞める直前だった。声をかけた理由は、ただの気紛《きまぐ》れである。別に顔は悪くはないので、仲良くするのもいいかなと思っただけだ。彼女の性格やファッションセンスを知っていたら、恐らく声をかけてはいなかっただろう。

以前から彼女が自分に好意を抱いていたのかどうかは分からないが、それをきっかけに絵里香の猛アタックが始まった。今ではメールは毎日だし、週に一度の誘いがある。そのたびに断っているのだが必ず会う日がある。それが彼女の給料日だ。

コーラの入ったグラスを嵩典の前に置いた絵里香は困ったような顔で喋《しゃべ》りだした。

「聞いてよ、嵩典くん。今日ね、お客さんにしつこくメルアド聞かれちゃって、断るのに大変だったのよ」

レッドハウスを辞めた絵里香は今、漫画喫茶で働いている。

それにしてもこの声とだらだらした喋り方は、どうにかならないものだろうか。苛立ちは徐々に膨れ上がってくるが、今は我慢するしかない。しかし感情には出さなくてもつい言葉には表れてしまう。

「教えてやればよかったのに」

冷淡に言うと、絵里香は河豚《ふぐ》みたいに頬を膨らませた。

「もう、本当に教えちゃってもいいの？」

彼女面《づら》してくることにもまた腹が立った。

「嘘だよ嘘、教えるなよ」

思ってもいないが機嫌をとるためにそう言った。絵里香は笑顔に戻り、

「最初から素直になればいいのに」

と鼻を軽くつついてきた。触るな、と振り払おうと思ったが止めた。我慢である。しかしとっくに我慢の限度は超えていた。

「それよりね、嵩典くん」

と絵里香が次の話題に移ろうとした時、嵩典はそれを遮った。

「なあ絵里香」

できるだけ深刻そうな声で言った。彼女は彼に調子を合わせた。心配そうな顔で、

「どうしたの？」

と聞いてきた。彼女から目を逸《そ》らし一つ溜息をついた。これも演出、演技である。

「困ったことがあったら何でも言って」

俯く嵩典の目が底光りした。こうなったらこちらのペースである。嵩典は申し訳なさそうに言った。

「実は、今月ちょっと金が足りなくてよ」

金の無心をしても、彼女は少しも嫌な顔はしなかった。むしろホッとした様子だった。

「なんだそんなことか。心配したじゃない」

そう言って絵里香は財布を取り出した。

「いくらくらい必要?」

嵩典は遠慮がちに指を二本立てた。

「分かった。じゃあ二万円ね」

と絵里香は簡単に二万円を出した。嵩典はしっかりと受け取るまでは演技を続けていたが、札を手に取ってから財布に入れるまでの動作は速かった。

「悪いな」

と嵩典は手刀を切った。これではヒモと変わらないではないか、と情けなく思う自分もいるが、やはり人間、金には弱い。給料を貰ったばかりだと聞くと、いくらくらい貰えそうかと頭が働く。

しかもこうして簡単にくれるものだから、次第に罪悪感もなくなっていき、今では当たり前のようになっている。

金を受け取った後の嵩典の態度は素っ気なかった。食事中話すのは絵里香一人で、嵩典はただ相槌《あいづち》を打つだけだった。それでも彼女は満足そうだった。

会計は勿論絵里香である。店を出ると彼女は、久しぶりに一緒に映画に行きたいと言いだした。嵩典はあまり乗り気ではなかったが、『魔界の塔』ばかりやっていて鬱憤も溜まっていたし、二万円も貰ってしまったのでつき合うことにした。

しかし、軽やかな足取りだった絵里香の足が突然止まった。カバンの中を必死に探している。

「どうしたんだ?」

聞くと、

「ハンカチがない」

と絵里香は泣きそうな声で言った。

「いいじゃねえか、ハンカチくらい」

しかし、絵里香は首を振った。ハンカチに相当な未練があるようだった。

「友達からの誕生日プレゼントなの」

なるほど、そういうことか。

「ファミレスのトイレに忘れてきちゃったかも」

鈍くさい奴だな、と思ったがそれは口には出さなかった。

「だったらここで待っててやるよ。早く行ってこいよ」

絵里香は血相を変えて走っていった。嵩典は彼女の後ろ姿を見つめながら、やれやれと溜息をついた。

その時だ。ぼんやりと絵里香を見ていた嵩典は目が覚めたようになった。次いで全身が火のように熱くなった。

そうだ、なぜ俺はこんな初歩的なことに気づかなかったのだろう。彼は今度こそ自分の考えに期待をもった。

『魔界の塔』をクリアできる可能性はまだある！　出口の鍵となるのは、『忘れ物』だ。


重大なヒントをつかんだ嵩典は、まるで何かに取り憑《つ》かれたかのように急いで自宅に戻った。途中で何度も絵里香から携帯に電話がかかってきたが出ることはなかった。もはや映画どころではなかった。

部屋の戸を閉めた嵩典は、明かりや冷房をつけるよりも先にゲーム機のスイッチを入れた。汗だくになりながらコントローラーを握る。暗闇の部屋に男の荒い息だけが聞こえるのは不気味だった。

見慣れたオープニング画面が映る。今回は『CONTINUE』ではなく、『NEWGAME』を選んだ。あえて最初から旅をスタートするのである。それはレベル上げの作業より数倍苦労することは知っている。だがそうしなければならない理由がある。

嵩典は一回目の魔王ザンギエス戦で、ボスを倒すためには特殊な武器もしくは道具が必要なのではないかと想像していた。しかし自分はキーとなる武器や道具を持っていなかった。だからあの時は、そんな物はないと決め込んで戦いを続行した。しかしそこが大きな落とし穴だった。やはり、ボスを倒す特別な武器、もしくは道具があるに違いない。

それはどこにあるのか。今は想像もつかない。

しかし自分が、重要な場所、もしくは箇所を見落としたのは間違いない。どこかに『忘れ物』があるはずなのだ。

そこに目をつけた嵩典はそれを正解だと信じ、疲れも忘れて旅の最初からプレイした。そして、城、村、洞窟、山、森といった物語を進めていくのに必要な場所はもちろん、その他の重要ではなさそうな場所も訪れ、見落とした宝箱はないか、話しかけていない人物はいないか、武器屋や道具屋に小さなヒントが隠されていないかなど、徹底的に調べた。

ゲームの流れは頭に入っているので謎解き等には時間はかからないが、何しろマップ内にある全ての場所を訪れては細かく調べていくので、最初のプレイよりも時間はかかりそうだった。それでも今回は苦痛ではなかった。どこかにクリアの鍵となる物が潜んでいると信じていたからである。

だが、希望の光は虚しく消えた。丸二日かけて隅々まで調べ上げたのだが、結局は何も見つからないまま、結界の張られた魔界の塔に行くことになってしまったのである。

そんなはずはない、と否定したかったが、プレイしたのは自分自身だ。クリアの鍵となる物がなかったのは自分が一番よく知っている。

これでは塔には行けない。ザンギエスは倒せない。他に方法はないのかと考えてみたが、思いつく限りの策はやり尽くした、という考えに行き着いてしまった。どんな策も想像も浮かばないのだ。

嵩典は、やはり奥の手を使うしかないのかな、と悩んでいた。最初から胸の内にあったその方法を用いれば解決は早かったのだろうが、それはゲーマーの間では邪道であるし、プライドが許さなかった。しかし、ここまできたら仕方がない。今回は禁じ手を使おう。

嵩典はインターネットで『魔界の塔』を制作したゲーム会社の連絡先を調べ、渋々ながらも携帯から、製造元である『株式会社ベガ』に連絡した。直接、制作者側からクリアする方法を聞くためだ。

だが今はとことんツキに見放されているらしい。魔界の塔を制作した『ベガ』は倒産したらしく、その番号は使われていなかった。録音された女性の声がこんなにも冷たく、そして腹立たしく思えたのは初めてだった。

携帯をベッドに放った嵩典は壁によりかかった。最終手段であるはずのゲーム会社にさえ連絡できないとなると、これはもう谷底に落ちたのと同じである。どうもがいてもはい上がれそうになかった。

とうとう頭の中にギブアップの文字が浮かんだ。ここまで手を尽くした上でクリアが無理だと分かった瞬間、今まで燃えさかっていた情熱の炎がパッと消えた。悔しさや残念さを通り越して熱意が冷めた。その証拠に、何の躊躇《ためら》いもなく彼はゲームのスイッチを切ることができた。画面が真っ暗になると、この数日間は一体何だったのかと虚しくなった。

ふと、国分と新垣の顔が浮かんだ。

『魔界の塔』をプレイするきっかけとなったのは国分のあの一言である。奴のせいでたくさんの時間を無駄にした。意識が戻ったら文句を言いに行ってやる、と嵩典はまだ二人の病状を楽観視していた。

しかし国分と新垣はさらに一週間が経っても目を覚ますことはなく、二人はとうとう国立の大学病院に『資料』として運ばれた。

医学者たちは極めて珍しい患者を熱心に診療し、研究した。

そして、搬送されてから一ヶ月後、診療結果が病院内で発表された。

だが医師たちが発したのは、検査期間延長、の一言だった。つまり二人が昏睡状態となった原因を誰も解明できなかったのである。

10

拓治《たくじ》叔父から連絡があったのは更に一ヶ月後のことだった。話があるから俺の家に来いというのだ。よほど大事な用なのか、拓治叔父の口調には有無を言わせないものがあった。もっとも、それがどんな用件だろうと嵩典は拒否することはない。できない、と言ったほうが正しいだろうか。拓治叔父は、嵩典が最も尊敬する人物だからである。叔父は昔はゲームの達人であり、嵩典の師匠だった。現在は印刷会社に勤めるごく普通のサラリーマンであるが、嵩典が小さい時はテレビゲームやテーブルゲーム等の知識が豊富で、当時家庭も仕事もなかった叔父は今の嵩典と同じようにぐうたらな生活を送っていた。そんな叔父を祖父母は見放し、叔父の姉にあたる母は、どうしようもない、と呆れていたが、嵩典の目には叔父が格好良く映っていた。目にも留まらぬコントローラーさばきでゲーム内のキャラクターを扱い敵を倒す姿はヒーローのようだった。嵩典はあの頃の胸の高鳴りを今でも憶えている。幼い頃からどこか冷めていた少年が、初めて熱い眼差《まなざ》しを向けた。

嵩典は誰よりも叔父になついた。休日は決まって叔父に会いに行き、ゲームセンターに連れていってもらい、ゲームの面白さや操作技術を学んだ。同時に、周りから白い目で見られていた叔父も弟子ができたと思い嬉しかったのだろう。自分の腕を伝授しようと熱心に教えてくれた。

しかし叔父は、まさか十数年後に甥《おい》っ子が昔の自分と同じような『ニート』になるとまでは思ってもいなかったのだろう。叔父は自分の影響が大きかったのではないかと責任を感じているようだった。拓治と一緒にいたから嵩典があんなふうになったんだと祖父母や母から言われているのも事実である。

勿論嵩典はそれを否定している。確かにゲームに関して叔父の影響はあるが、この生き方は叔父を真似《まね》ているわけではない。短い人生なのだから、社会に縛られることなく、仲間と毎日楽しく遊んで暮らすのが幸せだし、その生き方が最も自分に合っていると考えている。このスタイルを貫き通したいと思う。

九月も終わりに近いがまだまだ残暑は厳しい。それに加えて最近は妙に湿度が高い。じっとしていてもじめっとした汗が滲み出して気持ち悪さがつきまとう。町田駅に着いた嵩典は冷房の利いた電車に飛び乗った。

叔父の住む家は立地条件がいいので有り難かった。小田急線新百合ヶ丘駅から徒歩三分で叔父の暮らす団地が見えてきた。

１０２号室の扉を叩くと拓治叔父が顔を覗かせた。毛虫のような太い眉とギョロッとした目は西郷隆盛を思わせる。

「おう嵩典、待ってたぞ」

拓治叔父は弟子の顔を見て嬉しそうだった。嵩典は友達と接するかのように軽く片手を上げた。靴を脱ぎながら、

「叔母さんは？」

と聞いた。叔父夫婦に子供はない。つくる気がないのか、他に理由があるのかは聞けない。

「ママさんバレーだよ。今日は大会らしい」

「ふうん」

「お茶でいいか？」

「うん、何でも」

嵩典はソファに腰掛け、リビングをぐるりと見た。花や絵が飾ってあるが、これは妻の趣味とセンスであることは容易に分かる。拓治叔父にはそんな上品さはない。髪型やファッションにも

無関心の男が、花や絵に興味があるはずがない。俺はそういうところも叔父に似たんだな、と嵩典は思った。

冷たいお茶を淹《い》れてもらうと、嵩典はそれを一気に飲み干した。

「今日も暑いな」

と叔父は頭をボリボリ掻きながら言った。

「それより叔父さん、今日は急にどうしたの？」

先を急ごうとすると拓治叔父は、

「まあまあ」

と言ってもったいぶった。

「それより最近はどうだ？　相変わらずか？」

「まあね」

顔色を変えずに答えたが、この時、国分と新垣の姿が浮かんだ。彼らは今、国立の大学病院にいる。依然深い眠りから覚めることはなく、特殊な催眠術にでもかけられたのではないかという研究員が出るほど、医学では証明できない点が多々あるという。彼らが一番危惧《きぐ》しているのは心臓機能、心拍数の低下らしいだのが、現在のところはいたって正常だという。しかし、家族の不安に変わりはない。嵩典はこれまでずっと楽観視してきたが、いよいよ深刻に考えるようになっていた。全機能が正常とはいえ、このまま一生目を開かないのではないか、という心配すら芽生えてくる。

「どうしたんだ?」

叔父に顔を覗き込まれた嵩典は顔を上げた。

「いや、何でもない。それより叔父さん、『魔界の塔』っていうゲーム知ってる?」

動揺を隠すつもりがついそんなことを言っていた。とっくに熱意が冷めたはずなのに、『魔界の塔』の話題が口をついて出るとは自分でも不思議だった。あれ以来、あのソフトには全く手をつけていないし、ゲーム機自体を棚にしまったのだが、心のどこかに後味の悪さが残っているのだろう。

「『魔界の塔』? さあ知らないな。最近のゲームは分からないよ。ファミコンソフトなら詳しいけどな」

昔、ゲームの達人と呼ばれた叔父は懐かしそうに言った。叔父は結婚を機にほとんどゲームをしなくなった。毎日が忙しくてそんな暇がないのだろう。

「そのゲーム、面白いのか?」

「いや、面白くはない」

と嵩典は即座に否定した。

「プレステ2のソフトなんだけどさ、最後のボスが絶対に倒せないっていう噂があってさ」

叔父は興味深そうに頷く。

「へえ、それでやってみたのか？」

「やってみたよ」

嵩典は声に抑揚をつけずに答えた。叔父は一拍置いて、

「それで、どうだったんだ？」

と聞いた。

「倒せなかった。あと一歩のところで攻撃が当たらなくなるんだ」

嵩典はやはりあっけらかんとしていた。

「攻撃が当たらなくなる？」

叔父は言って、

「まさか」

と鼻で笑った。

「本当だよ。何度やってもダメなんだ」

嵩典の真剣な顔を見て叔父は一応頷いた。

「ふうん。バグってんじゃないのかね」

バグとは、ファミコンソフトによく見られた光景で、突然変調が起こったり、エラーで画面が停止したりすることだ。しかし、プレイステーションでは滅多にバグは見られない。それだけゲームの開発技術が向上しているからである。

「まあ、機会があったらやってみるよ」

拓治叔父はそう言ったが、それほど興味を抱いているようではなかった。

「それより叔父さん、いい加減教えてくれよ。用件は何なの？」

痺《しび》れをきらして催促すると、叔父は悪い悪いと笑った。

「今日呼んだのは他でもないんだ」

表情は穏やかだが声色は今までとは違った。嵩典は姿勢を正した。

「なに？」

「姉貴から聞いたぞ。またアルバイト辞めたんだってな」

叔父は呆れたような口調だった。

「いつの話だよ。もう五ヶ月くらい前のことだろ」

嵩典は煩わしそうに言った。叔父にではなく母に向けた言葉であった。

「お前、今年でいくつになる？」

「二十四」

嵩典の表情はそれがどうしたと言いたげだった。

「もう二十四か」

叔父はそう呟いてタバコを吸った。

「今まで俺はお前の将来についてはあまり言わなかったけどな、そろそろ心配してるんだ」

叔父は父親のようなことを言った。勿論反抗する気はないが、あまりいい気分ではなかった。

嵩典は笑って誤魔化した。

「大丈夫だよ。心配しなくても」

「じゃあ、俺を安心させてくれよ」

今日はやけにしつこいな、と思った。彼は叔父の背後に母の姿を見た。叔父は母の圧力に負けて言っているに違いない。

「安心させろって言ったって……」

嵩典は思わず言葉に詰まった。

「お前はまだ二十四だからいいと思っているだろうが、もう二十四なんだ。これからあっという間に年をとっていくぞ。プー太郎だった俺がこんなことを言う資格はないと思っているだろうが、経験者だからこそ言ってやれるんだ」

黙っていると、叔父は言葉を重ねた。

「三十になってもニートのままで、ふと気づいても職はない、なんてことになったらどうするんだ？」

嵩典は口を尖らせた。

「バイトで食いつないでいくよ」

「馬鹿言うな」

叔父はピシャリと言った。

「今は実家にいるからそんな甘いことを言えるんだ。いいか、両親はいつまでも生きているわけじゃないんだぞ。親が死んだらどうするんだよ」

声は優しいが、それは嵩典の中心を貫く問いかけだった。叔父の言うことはもっともである。

沈んだ表情の嵩典に、拓治叔父は優しく言った。

「なあ嵩典、俺がプー太郎の時は楽しかったよな。二人でゲーセンに行って、色々なゲームをやったな」

その記憶は今も色あせることなく残っている。今までの人生で戻りたいと思う場面があるとすればあの時である。

「でもな、人間は食っていかなきゃならん。食うためには働かなきゃならん。好き勝手に生きていたら、お前本当にダメ人間になるぞ。そろそろ今のぐうたらな生活を捨てなきゃならないんじやないのか」

嵩典はまた黙った。それを許さないというように、

「どうだ、俺の言ってることは間違ってるか？」

と叔父は返答を促した。

「でもさ、別にやりたいことないし」

嵩典の声は段々と尻窄《しりすぼ》みになっていく。

叔父は、その言葉を待ってましたと言わんばかりに、

「ゲーム会社には興味あるか？」

と聞いてきた。嵩典はすっと顔を上げた。

「ゲーム会社？」

「ああ。お前、遊星堂という会社は知ってるよな」

もちろん知っている。ゲームをやらない人間でも知っている有名ゲーム会社だ。

「そこの子会社なんだが、バンテックという会社がある。その企画部の人間と知り合いでな。どうやら有望な人材を捜しているらしい。といっても学歴うんぬんじゃない。想像力豊かな人材が欲しいらしいんだ」

「想像力豊かな人間？」

「そう。だからお前のことを話したら、面接してくれるっていうんだ」

まさかそんな展開になるとは予測しておらず、嵩典は思わず大きな声になった。

「面接？」

「どうだ、受けてみる気はないか？」

嵩典は自信なさそうに視線を下げた。

「いきなり面接って言われてもさ」

ゲーム会社と聞き、興味がないことはないが、何しろ急な話である。

「お節介かもしれないけど、俺はお前の力になりたいんだよ。俺たちは同志だからな」

嵩典は返答に困った。いきなり社会に出る勇気がなかなかもてない。

そんな嵩典を見て叔父は言った。

「なあ嵩典、久しぶりに一緒にゲームでもしようか」

いきなり何を言いだすんだと嵩典は困惑顔になる。

戸惑う嵩典に構わず、叔父はテレビ台の中からプレイステーション2を引っぱり出した。

「といっても、今は理恵《りえ》がやってるパズルゲームしかないけどな」

叔父は、満面の笑みを浮かべた。嵩典はその笑顔を見て緊張がほぐれた。

二人でよくゲームをした日々が脳裏に蘇《よみがえ》る。懐かしかった。あれから時は流れ、拓治叔父は今、家庭を持っている。あのぐうたらだった拓治叔父が、である。理想だけでは生きていけない。好き勝手な生活を捨てなければならないと叔父は気づいたということか。

叔父はコントローラーをこちらに差し出した。

「俺たちらしく、賭けをしようじゃないか。俺が勝ったら、面接に行ってくれ」

その真摯な目を見て嵩典は反省した。最初は母に言われたから就職口を探してきたんだと思っていたが、そうではないようだった。叔父は本気で自分を心配してくれている。その気持ちは素直に嬉しかった。

しかしまだ嵩典の心は揺れていた。

「勝負しないなんて言わせないぞ。お前は男なんだ。逃げるのだけは許さん」

叔父はコントローラーを押しつけてきた。

「ほら、勝負するぞ」

受け取らないでいると、叔父はうるさく言ってくる。

「ほらほら」

今度は挑発口調に変わった。

嵩典はとうとう叔父の熱意に押しきられた。そして勝負をする前に渋々言った。

「もう分かった分かった。俺の負けだよ。一応、面接受けてみるよ」

その言葉を待っていたかのように、叔父はゲームのスイッチを切った。

11

一週間後、嵩典は四谷にある株式会社バンテックを訪れた。国道沿いにある五階建ての細長いビルで、外観だけではゲーム会社とは分かりにくい。これはちょっと想像とは違った。ゲーム会社といえば、ショーウィンドウにゲームのキャラクターが飾られていたりポスターが貼られていたりするものだと思い込んでいた。

嵩典は自動ドアをくぐる前に大きく息を吐き、ネクタイの位置を直した。スーツを着るのは成人式以来である。窮屈で動きにくい。就職面接は初めてなので、身体が硬くなっているのも原因の一つだ。拓治叔父は気軽に受けてこいと言っていたがやはり緊張するものだ。

嵩典は受付で名前を告げて、拓治叔父の指示どおり、企画部の佐伯実《さえきみのる》さん宛てに連絡してもらった。この佐伯という人が拓治叔父の友人ということだ。

数分後、紺色の薄いジャケットを羽織った背の高い男性がやってきた。

「小巻嵩典くん?」

佐伯だと分かると嵩典は背筋をピンと伸ばした。

「はい、そうです」

緊張で少し声がうわずった。

「初めまして、佐伯実です」

そう言うと彼は握手を求めてきた。随分人当たりのいい人物なので嵩典は少し安心した。

正直、ゲーム会社に勤めている人間はマニアックで変わり者だと決めつけていたが、彼はそうではなかった。男前で実に爽《さわ》やかである。拓治叔父は、佐伯は四十二歳だと言っていたが、とても四十代には見えなかった。三十代前半と言っても誰も疑わないのではないだろうか。

「君のことは山野さんからよく聞いているよ。今日はよろしく」

拓治叔父が自分のことをどう言っているのか気になったが、それを聞く余裕などなかった。

「よろしくお願いします」

「これから早速面接を受けてもらうけど、僕も同席するし、お堅い面接じゃないからリラックスして」

佐伯はそう言ってくれたが、簡単に緊張がほぐれるものではない。

「それと、どんな質問にも、飾らずに、思ったこと、考えていることを正直に答えてくれればいいから」

この時、普通の面接では聞かれないような質問が出るのかな、と嵩典は身構えた。

「はい、分かりました」

「じゃあ行こうか」

二人はエレベーターに乗り四階の応接室に入った。二人掛けのソファがテーブルを挟んで向かい合っている。それ以外は何もない殺風景な部屋だった。

佐伯は内線で、人事部の松本《まつもと》さんをお願いしますと告げている。

「佐伯です。はい、今四階の応接室にいます」

いよいよ面接が始まるのかと思うと心臓の鼓動が更に速くなった。

しばらくすると部屋の扉が開いた。嵩典はソファから立ち上がり、面接官に深く頭を下げた。

「よろしくお願いします」

松本と呼ばれた面接官は五十代前半と思われる白髪の多い男性で、華奢な身体つきである。顔には皺が多く、優しそうな目が印象的だ。

「そう硬くならず、まあ座って」

面接官はのんびりとした口調で言った。顔に似て声も優しい。きっと性格も穏やかに違いない。

三人はソファに座った。嵩典は、向かい側に座る面接官に履歴書の入った封筒を渡した。面接官はそれをじっくりと見たあとに最初の質問をしてきた。

「高校卒業後は空白だけど、今まで何をしていたんだい？」

早速きたと思った。六年近くニートをしていたと言えば印象が悪いだろうが、佐伯の言うとおり正直に話すことにした。

「ほとんど何もしてません。毎日ゲームセンターに通って、金がなくなったらアルバイトをしていました」

嵩典は言った後にちらっと佐伯の顔を窺《うかが》った。彼は、それでいいというように頷いた。

「好きなゲームのジャンルは？」

「今は、格闘ゲームにはまっています」

「ほう。具体的に、どういう理由で？」

面接官がそこを掘り下げてくる理由が分からなかったが、嵩典は思ったことを話した。

「内容の面白さはもちろん、弱い相手を倒したらスカッとするからです。それと、自分が強くなると周囲の注目を浴びられるからです」

それを聞くと面接官は、

「ふふ」

と笑みをこぼした。

「君は、いじめっ子だったのかな」

面接官はやはり穏やかな表情で聞いてくる。

「いえ、どっちでもないです。クラスでは目立つ存在ではなかったです」

「ゲーム以外に、趣味とか特技はあるかい？」

嵩典は少し考えた。

「特技というほどでもないですが、パソコンができます。ＵＦＯキャッチャーも得意です。狙った景品は絶対に外しません」

果たしてこんな答えでいいのかなと心配になったが、佐伯がクスッと笑ったので嵩典は勇気づけられた。

「それと、人間の性格を読むのが得意です。顔を見るだけで、大体その人の性格が分かります」

そう言うと面接官は興味深そうな顔になった。

「ほう、それはすごいね。じゃあ、私の性格を当てられるかな？」

嵩典は、面接官の顔をじっくりと観察することなく最初に描いたイメージを答えた。

「優しくて、面倒見がよく、多くの人から慕われる方だと思います」

褒められた面接官は少し照れた様子だった。そうか、ありがとう、と言って次の質問に移った。

「好きなテレビ番組はあるかい？」

「格闘技と、ドッキリ番組が好きですね。人が騙されている場面を見るのが面白いです」

その返答には面接官ではなく佐伯のほうが満足そうに頷いていた。

「もし、うちに入ったら、どんなゲームを創りたいかな」

それは必ず聞かれると読んでいたので、嵩典は考えることなく答えられた。

「普通の人間がふとしたきっかけでどんどん偉くなって部下が増えていき、最終的には世界を征服するようなゲームなんて面白いんじゃないかと思ってます」

面接官はそれを簡単にメモしているようだった。

「じゃあこれが最後の質問です。今から私が言う場面を想像して答えてください」

「はい、分かりました」

「あなたは今、サハラ砂漠のど真ん中にいます。そこでモアイ像を作れと言われたらどうしますか？」

随分と現実離れした質問だなと思ったが嵩典は頭を回転させた。

「水は、ないんですよね？」

「もちろん」

困った、というように嵩典は腕を組み小さく唸《うな》った。水があれば砂を固めて作れると考えたが、そんな答えでは満足しないらしい。

ふと、ある考えが浮かんだ。しかし、それを口に出すかどうか迷った。それはあまりにも下品な発想である。佐伯に目をやると、彼は何でもいいというように頷いた。

嵩典はそれで決意した。どうせダメもとで受けた会社である。思いきって言ってしまえ。

「小便を砂にかけて固めて、モアイ像を作ります。それでも足りないなら、小便が出るまで待ちます」

その答えに面接官と佐伯は目を合わせて呆れたように笑った。

この時、嵩典は間違いなく落ちたなと思った。だが意外にも、五日後に採用通知が届いたのである。


採用が決まって一番喜んでくれたのは拓治叔父だった。わざわざ町田まで来て、居酒屋でお祝いをしてくれた。しかし嵩典はまだゲーム会社の社員になった実感がもてなかった。何しろあの受け答えである。彼自身手応《てごた》えを感じていなかった。なのに採用された。

拓治叔父は自信のもてない嵩典に対して、お前は才能があるから大丈夫だ、と何を根拠に言っているのか分からなかったが、そう勇気づけて帰っていった。

嵩典は帰り道でも考え込んでいた。採用されたのが信じられない。面接は形だけで、最初から採用は決まっていたのではないかと疑ったほどだ。

とにかく、明後日から早速出勤である。急に環境がガラリと変わるので戸惑いはあるが、これをきっかけにこれまでの好き勝手な生活を捨ててみようと思う。正直まだ未練はあるが、レッドハウスやファミリーレストランに通う日々は卒業して、今度はゲームの制作者側に回って自分の才能を試すのだ。自分が創ったゲームが全国に広がり、皆がプレイする光景を思い浮かべると今から胸が騒いだ。

12

二日後、嵩典の初出勤の日である。佐伯はラフな格好でいいと言っていたが、初日は印象のことを考えてスーツで行った。だが、後悔する結果となった。嵩典は企画部に配属になったのだが、フロアにいる約四十人全員がラフな格好で、たった一人スーツ姿の嵩典は営業マンのようで浮いてしまった。

赤くなった嵩典を見て佐伯は子供のように手を叩いて笑った。嵩典がふくれっ面をすると、佐伯はすまんすまんとふざけて言った。

「とにかく、今日からよろしく」

佐伯は真顔で言った。途端に嵩典の声の調子が硬くなった。

「よろしくお願いします」

佐伯は今度は笑顔になって嵩典の肩を軽く叩いた。

「まあ、そう緊張せずに頑張ってくれ。君には期待しているよ」

そう言われたので、彼はずっと胸に引っかかっていたことを聞いた。

「あの、自分で言うのもなんですが、どうして僕は採用になったんですか？　今でも信じられなくて」

その質問に佐伯は一瞬目を丸くして、あははと笑った。

「何を言ってるんだ。小巻くんにゲームを創る素質があると思ったからじゃないか」

「はあ」

「最後の発想は特に面白かったよ。面接した松本さんも褒めてたよ」

喜ぶべきところなのだろうが、嵩典はしっくりこないというような表情だった。

「自信をもちなさい。一緒に面白いゲームを創ろう」

嵩典は佐伯の目を真っ直ぐに見た。

「はい！」

自分の創ったゲームが店頭に並ぶのを想像したらまた胸が熱くなった。社会人になるのも悪くはないな、と彼は充足感を得ていた。

嵩典に与えられたデスクは窓際で、少し顔を覗かせると国道と四谷駅周辺がよく見える最高の位置だった。学生の頃、席替えはいつも窓際を狙っていたのを思い出した。授業中に校庭を見るのが好きだったのだ。

彼は仕事鞄《かばん》を置くと、隣でパソコンをいじっている女子社員に声をかけた。

「どうも、小巻です。よろしくお願いします」

嵩典が愛想良く挨拶《あいさつ》するのは珍しかった。最初だからと張りきっている証拠だった。しかし眼鏡をかけた若い女子社員はこちらを上目遣いで見て、

「どうも」

とか細い声で言っただけで、再びパソコンの画面に顔を戻した。

何だこの無愛想で暗い女、と嵩典は思わずそれが表情に出てしまった。しかしふと気づいて、改めてフロア全体を見渡してみた。

なるほど、皆黙々とパソコン画面を見つめて作業している。怠そうにキーボードを叩いている者もいれば、目を血走らせてマウスを動かしている者もいた。共通しているのは、誰も会話を交わさないことだ。四十人近くいるというのにフロアは静まり返っている。人と接するのが苦手なのか、それとも仕事に集中しているのか、どちらにせよ、どの顔を見てもマニアックな印象を受

ける。佐伯のように爽やかで愛想のいい人もいるんだと分かった時はホッとしたが、ここで佐伯と接すると逆に違和感を覚えそうだ。見た目の判断ではあるが、こんな気難しそうな人たちと仕事していけるかな、と嵩典は早くも先行きに不安を感じた。

少し前に五階の制作部に行っていた佐伯が企画部フロアに戻ってきた。すると彼は真っ先に嵩典を呼び、次に他の社員四十名ほどを呼んだ。

佐伯は社員の前に立つと、嵩典を手招きした。嵩典は遠慮がちに佐伯の隣に移動した。

「今日からうちのチームに入ってもらうことになった小巻嵩典くんです。みんなよろしくな」

よろしくお願いします、と返ってはきたが、どの声も小さくて暗い。

「あの、チームって何ですか？」

嵩典は皆が見ている前で佐伯に聞いた。

「企画部は三つの班に分かれていて、ここにいるみんなが佐伯組だ。このメンバーで企画を出し合って、ゲームを創っていくんだ」

なるほど、そういうことか。

「分かりました」

チーム自体は理解できるが、自分がどんな仕事をしたらいいのかは見当もつかない。

「大手のゲーム会社で、有名ゲームソフトを創るような時はスタッフを三百人くらい動員するのが普通だけど、うちは予算が少ないから、少数のスタッフで創っていくんだ」

　こんな少ない人数でも一つのゲームができるんだなと彼は感心した。

「早速これから企画会議をやる。もちろん、小巻くんにも出てもらう。とりあえず今日は見ているだけでいい。習うより慣れろだ」

「はい、分かりました」

　皆はそのまま会議室に向かった。一番後ろの席に座って見ていると、佐伯は先頭でスタッフにあれこれと指示をしている。

　メンバーの一人が資料を抱えて部屋に戻ってきた。それは嵩典にも配られた。一枚目には企画資料と大きく書かれてあった。次をめくると、考案したキャラクターがカラーで描《か》かれており、その横にゲームの流れが説明してある。次のページは主人公の仲間の全身図だった。四枚目にはアイテムや呪文の名称が書かれており、またその説明がなされている。そこで彼は、これはRPGの企画なんだなと理解した。

　嵩典は、夢中になって資料のページをめくっていった。五枚目はゲーム内の大体の地図が描かれており、六枚目は敵キャラクターの説明だった。

　こうした資料からゲームが創られていくと思うと、感動をおぼえずにはいられない。

　会議が始まったので、嵩典は先を読むのを諦《あきら》めて顔を上げた。この企画を考案した者がホワイトボードの前に立ちプレゼンを始め、それに対し、佐伯や他のメンバーが様々な質問をしていく。先ほど嵩典の目には暗そうに映った彼らだが、会議が始まった途端、表情が生き生きとしだした。目の色を変えて、議論するのだ。嵩典は皆のやり取りを集中して聞いた。やはり根っからの『ゲーマー』なのである。仕事でも遊びでも、ゲームのこととなるとすぐに身体が熱くなる。早く仕事を覚えて、この輪に加わりたいと思った。

休憩に入ると、佐伯が声をかけてくれた。

「どう、会議の流れは大体つかめたかい？」

「はい、面白いです」

「そうだろう。でも、企画が通るのは百本中、大体三本くらいなんだ」

それを聞いて嵩典は驚いた目をした。

「そんなに少ないんですか」

「ああ、それくらい厳しくないとヒット商品は生み出せないからな」

「なるほど」

次に佐伯はゲームが出来上がるまでの工程を教えてくれた。

まず、今のように企画会議があり、それが通ると今度は仕様書を作成し、次の『申し送り』で初めてプログラマーやデザイナーが集結する。そして試作品を創りチェックを終えると本制作に移り、出来上がると『デバッグ』という、プログラムの誤りを発見し訂正する作業に入る。そのチェックを終え、ようやく一つのゲームが完成となるそうだ。

佐伯曰《いわ》く、第一段階から終了まで大体一年程度かかり、大きな予算をかけたゲームとなるとそれ以上の期間が必要だそうだ。嵩典はそれを聞いて、一本のゲームが出来上がるまでのスタッフの苦労を改めて実感した。多くの人間の想像や努力がゲームソフトには詰まっているというわけだ。彼は、自分の想いを込めたゲームを早く創ってみたいと心が震えた。

休憩が終わるとすぐに会議は再開された。その後も白熱した論議が三時間ほど続いたが、結局今回の企画はボツとなった。考案した彼は残念そうだったが、次の企画を生み出そうとしているのか、用紙にペンを走らせている。

デスクに戻るとすぐに佐伯から呼ばれた。今度は嵩典一人だった。

「何でしょうか?」

佐伯は一枚のCDソフトを見せてきた。それがゲームソフトだということは容易に分かった。しかし、佐伯の意図までは想像がつかなかった。

「ちょっと一緒に行こう」

そう言って佐伯は立ち上がると企画部の隣の個室に入った。そこは壁も床も白で統一されていて、テーブルの上にはテレビと様々なゲーム機材が置かれている。

「小巻くん。明日、幕張《まくはり》でゲームショーがあるんだけど、知らないよね？」

と、佐伯は唐突に言ってきた。

「ええ、知りませんでした」

「急で悪いんだが、明日のゲームショーに一緒に行ってもらおうと思ってる」

「僕がですか？」

嵩典は自分を指さした。

「ああ。このゲームの案内係としてね」

佐伯は改めて手に持っているソフトを見せてきた。

「案内係？」

「そうだ。よくテレビとかで見るだろう。サンプルゲームの前に立っている人だよ」

「大体は分かりますけど、何をすればいいんですか？」

「お客さんにゲームの内容を説明したり、質問されたら答えてもらいたい。手本を見せることもあるだろう」

それを聞いて彼は慌てた。

「ちょっと待ってください。僕はそのゲームを全く知りませんよ。説明も何も……」

「だから」

佐伯は遮るように言った。

「今からプレイしてもらうんじゃないか。といっても基本の操作を憶えてくれる程度でいい。アクションゲームだから、すぐに慣れるよ」

「はあ」

「何事も経験だからね」

嵩典は一応頷いた。

「分かりました」

「じゃあ頼むよ」

「はい」

「あ、それと」

部屋を出る間際、佐伯は思い出したように立ち止まり振り返った。

「企画は随時募集している。君も面白そうな案があったら企画書を作って出してくれ。今日みたいな具体的な企画書でなくてもいい。大体分かればＯＫだから」

「はい、頑張ります」

「じゃあ、六時になったら適当に帰っていいから。もし時間が足りないようだったらソフトを持ち帰っていいからね」

「分かりました」

「あ、そうだ」

佐伯はもう一度振り返った。

「明日はスーツだからね」

嵩典にはそれが皮肉に聞こえた。

「はい」

と彼は苦笑した。

「じゃあ」

佐伯は爽やかな笑みを残して部屋を出ていった。一人になった嵩典は、一つ大きく息をついて早速ソフトをゲーム機にセットした。彼はコントローラーを持ち、ぼんやりと画面を見つめた。

ゲームはスタートしているが、指は動いてはいなかった。

慣れない仕事だから身体中が疲れている。

考えてみればゲーム漬けの一日である。

ゲーム会社なのだから当たり前だろ、と自分に言って嵩典はフッと笑った。

13

翌日、嵩典は寝不足でゲームショーに行くことになった。あれから佐伯に任されたゲームをプレイしたものの、なかなか満足のいく結果を得られず、ソフトを家に持ち帰り、深夜三時まで熱中してしまった。ベッドに入ってからはすぐに眠りについたのだが、目覚ましが鳴ったのは六時である。これまでは最低でも一日八時間は眠る生活が当たり前だったので、三時間の睡眠は拷問のようだった。目元にクマを作り、ぼんやりとしたまま電車に乗ったのだった。

さすがに今日は土曜日とあって幕張の館内は大盛況だった。取材陣も殺到している。やはり目立つのはオタクっぽい容貌《ようぼう》の『ゲーマー』たちである。家族連れも多い。カップルはたまに見る程度だ。

嵩典は佐伯の指示でバンテック社コーナーの一角にある、昨日プレイしたゲーム画面の前にいた。佐伯は挨拶回りに行ってしまったので今は嵩典一人である。違うコーナーにはバンテック社の企画部の人間がいるが、彼らは佐伯組ではない。また、あちらからも話しかけてくる雰囲気はない。

なかなか客が寄りつかず、嵩典は暇をもてあました。ただ突っ立ってばかりいるのは体裁が悪いが、やることがないのだから仕方がない。暇というのも案外苦痛だと知った。

館内にいる取材陣や客の注目を引いているのは、フェニックス社からもうすぐ発売される人気RPGの第五弾である。緻密《ちみつ》に練られたストーリーと独特の世界観、そして多種多様の戦闘画面が人気を呼んでいる。嵩典も購入しようとしている一人だ。

ようやく客が集まりだしたのは、例のRPGの説明が終わってからだった。ゲーマーやカップルがサンプルゲームをプレイし、感想を口にして帰っていく。彼らのプレイ中に横から説明しようとしたが止めておいた。ただ見ているだけに留める。

「なぁ、お兄ちゃん」

声をかけてきたのは小学校低学年と思われる野球帽を被った男の子だった。

「手本見せて」

アクセントが関東とは微妙に違う。どうやら関西の子らしかった。やっと俺の出番がきたかと、嵩典は自信に満ちた表情でコントローラーを手に取りプレイを開始した。男の子は目を輝かせて喜んだ。

「さすがやなぁ、お兄ちゃん」

当たり前だ。今日のためにどれだけ練習したと思ってるんだ。

嵩典は素早いボタンさばきで敵を倒していく。いつの間にか子供の存在を忘れて熱中していた。

「なぁお兄ちゃん、そろそろ俺にもやらしてよ」

見るのに飽きたのか、男の子は袖を引っぱって邪魔してきた。そのせいで嵩典はゲームオーバーになってしまった。

横で男の子は手を叩いて笑った。

「へたくそぉ」

一瞬ムッとした顔を向けたが、男の子は怯まなかった。

「はよ交代して」

と目を細めて右手を伸ばしてきた。

この頭の悪そうなクソガキめ、と嵩典は腹の中で毒づき、無理に笑顔を作ってコントローラーを渡した。男の子はしばらく夢中でプレイしていたが、飽きがきた途端コントローラーを乱暴に棚に置いて、

「お兄ちゃん、またねぇ」

と言って走り去った。嵩典は男の子の後ろ姿を見ながら、やれやれと溜息をついた。

14

午後も午前とほぼ同じ流れだった。客のプレイにアドバイスしたり、質問に答えたり、ゲーマーと意気投合して話が盛り上がったりもした。そのため時間の流れが早く感じられたが、ゲームショーが終わったと同時に疲れが一気に押し寄せてきた。無理もない。ずっと立ちっぱなしだったし、後片付けを終えて館内を出る頃には八時を過ぎていた。昨日あまり眠っていないので尚更である。気を抜くと立っていてもまぶたが落ちてきそうだった。疲労困憊の嵩典はすぐにでも家に帰ってベッドに入りたかった。しかし、こういう時に限って佐伯から、この後、夕食に行こう、と誘われてしまったのである。とてもそんな気分ではなかったが、社会人は何よりつき合いが大事だと聞く。明日は休みだし、嵩典は佐伯の誘いに乗ることにした。

「どうだ、今日は疲れただろう?」

幕張駅に向かう途中の会話である。二人は新宿で夕飯を摂ることに決めていた。

「ええ、思ったよりも疲れました。でも、楽しかったですよ。ゲームショーに行く機会なんてあまりありませんからね」

「そうだろ。色々な経験をしたほうがいいと思って、今日は連れてきたんだ」

嵩典は、どうもと軽く頭を下げた。

「ところでどうだい？　ゲームの企画、考えているかな？」

佐伯は気軽な調子で聞いてきたが、そう簡単に想像は膨らまない。企画に関しては昨日言われたばかりだし、昨夜《ゆうべ》は考える余裕なんてなかった。

「なかなか難しいものですね」

「だろ？　作品にするのはもっと難しい。その中でヒットするのはほんの一握りだからな」

「ヒット商品を生み出してみたいものですね」

「その意気だよ。期待してるよ」

「はい」

「そうだ、小巻くんは中学の時、部活は何をやっていたの？」

佐伯は急に話題を変えてきた。

「部活ですか？　どこにも入っていませんよ。放課後はいつもゲームセンターでした」

「なるほどね。じゃあ、高校も？」

「全く同じ生活でした」

「大学は行ってないよね？」

「ええ」

「どうして?」

その質問に一瞬、言葉に詰まる。

「別に、行きたくなかったからです」

「就職もしなかったんだよね?」

「はい」

「進路を決めずに卒業して、将来に不安はなかったかい?」

「全くありませんでしたけど」

あっけらかんと答えると、佐伯はなぜか感心したように頷いている。

「大した度胸だな。なかなか真似できないよな」

嫌味ではなく、心から褒めているようだった。

「大抵は皆将来が不安で、とりあえず大学へ行ったり就職したりする。でもそこが本当に自分に合った道じゃないってことに気づくのが大半で辞めたりする。君は焦らずじっくりと将来を見据えていたってわけか」

最後の見解は外れているが、いい方向に解釈されたので嵩典は否定はしなかった。それどころか、

「いえ、そんなんじゃないですけどね」

と謙遜《けんそん》して、まるでそういう考えだったかのように振る舞った。

そこで会話は止まった。幕張駅はもうすぐそこである。

「ところで佐伯さん、『魔界の塔』というゲームを知ってますか？」

これは無意識から出た質問だった。やはりまだどこかで気になっている証拠だった。

「もちろん知っているさ。四年ほど前に出たＲＰＧだろ」

さすが業界の人だなと思った。嵩典は噂のことを聞こうとした。しかしそれよりも先に佐伯が意味深なことを言った。

「知らないなんて言ったら、松本さんに怒られちゃうよ」

「松本さん？」

「ほら、君を面接した人だよ。もう忘れたのかい？」

それを聞き、嵩典の頭にはパッと面接官の顔が浮かんだ。優しそうな目をした、笑うと顔全体に皺が寄る印象深い人だった。

それにしても解《げ》せない。なぜ『魔界の塔』を知らないと松本に怒られるのか。嵩典はそれを聞いた。

「だって、松本さんがあの『魔界の塔』を創ったんだ」

佐伯は調子を変えずに言ったが、嵩典はその答えに眠気が吹っ飛んだ。

「それは本当ですか！」

と彼は勢い込んだ。

「うちの会社じゃなくて、前の会社でだけどね。そこが倒産して、松本さんはバンテックに入ってきたんだよ」

嵩典は自分を面接した松本を脳裏に浮かべた。

「松本さんは『魔界の塔』の制作リーダーだよ。あれを創ってうちの会社の人事部に入ったから、『魔界の塔』が引退作だね」

嵩典は全身に火のようなものが走っていた。額や背中からは汗が噴き出ていた。

それにしてもあの人がクリエイターだったとは意外である。嵩典の目にはのんびりとした普通のサラリーマンに映っていたからだ。

「どうしたんだい、急に」

突然の嵩典の変わりように佐伯は不思議そうな顔をした。嵩典は何かを思い出したようにハッとなった。

「すみません、ちょっと用事を思い出しました。ご飯は今度連れていってください」

彼は佐伯の了解を得る前に一方的に走っていた。

「小巻くん？　おい小巻くん」

嵩典の耳には佐伯の声は聞こえていなかった。頭の中は『魔界の塔』とそれを創った松本とに支配されていた。

まさかあのゲームソフトを創った人間がこんなにも近くにいたなんて。

しかも、松本は魔界の塔の制作リーダーだった！

一時は諦めて熱も冷めていたのだが、再び心に炎がともった。意外な場所に道があったのである。

彼に直接話を聞くのだ。質問の内容は言うまでもない。これで最終戦の謎は解けるかもしれない！

15

嵩典は急いで四谷に戻ったが徒労に終わった。会社に着いてやっと肝心なことに気がついた。時刻は午後九時半を回ろうとしており、土曜日のこんな時間に人事部が残っているはずがなかった。事実、人事部のフロアは明かり一つ点いていなかった。

嵩典は歯痒い思いで自宅に帰った。夕食を軽く摂り、十二時には横になったが、興奮しているせいかなかなか眠れなかった。『魔界の塔』と松本とが頭の中でグルグルと回っている。じっとしているのが馬鹿みたいだった。『魔界の塔』の制作リーダーがすぐ近くにいるのに話を聞けないなんて！　苛々が募る一方だった。

しかし今は月曜日になるのを待つしかない。意地悪なことに明日は日曜日である。嵩典はタイミングの悪さを呪った。

日曜日、目が覚めても彼はずっと部屋に閉じこもっていた。この時ほど日曜日を無意味に感じ、夜が明けるのをもどかしく思ったことはなかった。嵩典はひたすら月曜日になるのを待った。

翌日、彼は初出勤の日よりも早起きして会社に向かった。空はまだ少し暗かった。この日だけは電車に乗る億劫《おっくう》さも忘れていた。

嵩典はまず企画部に立ち寄ったが、デスクに自分の鞄を置いただけですぐに部屋を出た。そのまま人事部に向かったが、松本はまだ来ていないようだった。まあいい、と嵩典は人事部から少し離れた自動販売機でコーヒーを買い、イスに腰掛けると松本が来るのを待った。

二十分後、嵩典の目が松本をとらえた。彼は素早く立ち上がると、

「松本さん」

と声をかけた。嵩典の顔を見て松本の表情が和らいだ。

「ああ、君か」

「おはようございます」

嵩典は頭を下げた。

「おはよう」

すぐに本題に入るのは不自然な気がして、

「僕なんかを採用していただき、ありがとうございました」

と丁寧に言うと、松本は二、三度頷いた。

「期待している。面白いゲームを創ってくれよ」

「はい、頑張ります」

力強く言うと、松本は愉快そうに笑った。

「それにしても君は律儀な男だね。わざわざそんなことを言いにやってきたのかい？」

嵩典は真顔になって言った。

「それもあります」

「それも、とは？」

「実は松本さんに聞きたいことがあって、ずっと待っていました」

松本は眉を上げた。

「私にかね？」

「そうです」

「何だろうね、恐いな」

と松本は冗談混じりに言った。しかし嵩典は表情を崩さなかった。その様子を見て松本の声色が真剣なものになった。

「何かね？」

「佐伯さんから聞いたのですが、松本さんが『魔界の塔』の制作リーダーだったというのは本当ですか？」

『魔界の塔』、と出た瞬間に松本の目が光った。

「ああ、本当だよ。でも昔の話だ。四年近くも前になるからね。それがどうかしたのかな？」

口調は穏やかだが、声はいつもと違って低い。目も鋭さを放っている。『魔界の塔』と聞いただけでこの変わりようはなんだろう。

嵩典は怯まずに聞いた。

「松本さんは、『魔界の塔』に関するある噂を知っていますか？」

「噂？」

松本は表情を変えずに問い返した。

「どんな噂だね？」

嵩典は一拍置いて言った。

「最後のボスが、絶対に倒せなくなっているというのです」

「まさか」

と松本は信じなかった。

「僕も最初はそう思いました。だから実際にプレイしてみたんです」

するとどういうわけか、松本が一瞬狼狽《ろうばい》するのが分かった。

彼の喉がゴクリと鳴った。

「本当かね？」

「はい。実際倒せませんでした。最後の最後になると、なぜか敵に攻撃が当たらなくなるんです。それから僕はレベルを最高値に上げたり、特別な武器や道具があるんじゃないかと探したりしましたが無駄でした」

松本は冷静でいるつもりだろうが嵩典には通じなかった。微かに目が泳いでいる。

「なぜでしょうか、松本さん。どうやったらボスが倒せるのか教えてもらえませんか？」

嵩典の声は松本には届いていないようだ。彼の意識は違うほうに向けられていた。何を考えているのかまでは読めなかった。

「松本さん？」

もう一度声をかけると松本の肩が跳ねた。

「そ、そんなはずはない」

彼は口ごもりながらも、

「倒せないわけがないだろう？」

無理に微笑《ほほえ》んでいるのが分かる。

「しかし、倒せないのは事実です。プログラムに異状があったのではないですか？」

「失敬な！」

松本が初めて大きな声を出した。嵩典は驚いたが、しめたと思った。

松本は自分の態度に気づき、優しく言った。

「異状なんてあり得ないよ。そんな不良品を創るはずがないだろう」

嵩典は一応頭を下げた。

「すみません。では、何か倒す方法はないのでしょうか？」

「そんなものはない。普通に進めていればクリアできるよ」

「いやしかし……」

まだ納得のいかない嵩典であったが、

「これで失礼するよ」

と言い残し、松本は一方的に立ち去ってしまった。嵩典は松本が人事部のドアを閉めるまでじっと見据えていた。

嵩典は松本が逃げたように思えて仕方がない。『魔界の塔』のクリア方法は得られなかったが、嵩典は手応えを感じていた。

あの慌てようは普通ではない。

自信をもって言える。松本は何かを隠している。

16

この日の午前中はまたも企画会議から始まった。嵩典はスタッフのプレゼンを聞いているようで上《うわ》の空だった。考えの中心にいるのは無論松本である。彼は何かを隠している。それは一体何だろうか。『魔界の塔』をクリアする鍵か、それとも全く別のことか。どちらにせよ深い事情がある気がする。そうでなければ終始平静でいられたはずだ。松本は途中から余裕のない人間の目になっていた。最終的には逃げたとしか思えない。これは何かあると見て間違いないだろう。

嵩典はどうにかもう一度松本と話がしたいと思った。しかし同じ質問をしては意味がない。鬱陶しいと思われて終わりである。

別の方向から切り込めないだろうか。そのために佐伯にもっと細かい話を聞こうと考えていた。昼休みになると佐伯はチームのスタッフ一人を連れて企画部を出ていった。嵩典は追いかけて声をかけた。

「佐伯さん」

彼は振り返り明るい表情になった。

「おう、小巻くん」

嵩典はまず土曜日の非礼を詫《わ》びた。

「佐伯さん、この前は本当にすみませんでした」

佐伯はあまり気にしていないようだった。

「いいよいいよ、血相変えて走っていったから驚いたけどね」

嵩典は顔を赤くした。

「すみません」

「あの時はどうしたんだい？　『魔界の塔』のことが随分と気になっていたようだけど」

嵩典はこの場では笑って誤魔化した。

「佐伯さん、これからどこへ行かれるんですか？」

「彼とメシだよ」

彼、とは同じチームの伊崎達郎《いさきたつろう》である。今年三十になる若手の一人だ。小さい顔と童顔の割には意外と体格がいい。普段は無口だが会議になると人が変わったように積極的に発言を始める。その意見は奇抜でなかなか面白い。佐伯は彼に期待しているに違いない。

「小巻くんも一緒に行くかい？」

向こうから言ってくれたのは有り難かった。彼の忙しさを考えると確実に会話ができるのは昼休みくらいしかない。

お願いします、と嵩典は二人についていった。

佐伯が昼食に選んだのは近くの蕎麦《そば》屋だった。信州蕎麦を売りにしているこぢんまりとした店である。

「いらっしゃい」

エプロンをかけた中年のおばさんがテーブル席に案内してくれた。三人は出されたお茶を一口飲んで、それぞれ注文をした。

「ここの蕎麦はうまいんだよ」

と佐伯は自慢げに言った。

「楽しみです」

と嵩典は返したが、内心蕎麦どころではなかった。『魔界の塔』の話を切り出すタイミングを窺っていた。

「それよりさっきのことだけど」

佐伯はお茶を飲みながら嵩典を見た。

「さっきのこと？」

「だから、『魔界の塔』の話だよ」

彼から話題を振ってくれたので話しやすくなった。

「あ、はい、『魔界の塔』について興味があるんです、もう少しお話を伺いたくて」

「もう少しっていっても、この前話したのが全てだよ。それにその件については、松本さんに聞いたほうが早いと思うけどな」

きた、と嵩典の目が鋭くなった。

「実は今朝、松本さんに会いに行ったんですよ」

そう言うと、なぜか佐伯は慌てた表情になった。

「まさか小巻くん、余計なことは言ってないだろうね」

「余計なこと？」

聞き返すと、佐伯は勘違いに気づいたのか、ホッと息をついた。

「そうだったな。君には松本さんが『魔界の塔』の制作リーダーということしか話してないもんな」

意味深な言葉だった。彼の鼓動はひとりでに速くなった。

「それはどういうことですか？」

嵩典は思わず身を乗り出した。

「松本さんに何かあったんですか？」

更に聞くと佐伯の歯切れが悪くなった。

「ま、まあね」

「一体何があったんですか」

まさかここまで熱心に聞かれるとは思わなかったのだろう、佐伯はこめかみの辺りを掻いて困ったといった表情を見せている。

「ぜひ教えてくださいよ」

としつこく頼むと、佐伯は伊崎と目を合わせて小声で言った。

「内容が内容だけに、あまり大きな声じゃ喋れないんだけどね」

嵩典は息を呑《の》んで頷いた。

「松本さんには今年で七歳になるはずの息子さんがいたんだ」

急に子供の話に飛んだものだから、嵩典は反応するのにやや遅れたが、彼は佐伯の言葉のある部分を拾った。

「なるはず？」

「ああ。半年ほど前に亡くなったんだ」

「亡くなった」

と嵩典は呟いた。

「カイトくんといってね」

「ちょっと待ってください」

嵩典はすかさず止めた。彼の言いたいことは佐伯にも分かったようだ。

「そう、君も知ってのとおり、『魔界の塔』の主人公の名前と一緒だよ。子供が可愛すぎて、ゲームの主人公にまでしてしまったんだろうねえ」

嵩典はそれを聞いて合点した。そうか、だから主人公の名前は『カイト』になっているのか。しかし興味があるのはそこではない。

「すみません、続きをお願いします」

「その亡くなった原因なんだけどね」

佐伯は更に声のトーンを落とした。

「どうやら別れた奥さんが怪しいらしいんだよ」

「怪しいってどういうことですか？」

「だから、亡くなった理由が病気や事故ではなくて、事件性があるというか……」

「殺したんですか！」

嵩典は思わず声が大きくなってしまった。周囲の客がこちらに奇異な目を向けている。佐伯は慌てて人差し指を立てた。嵩典は、すみませんと謝った。

「そうらしいね。新聞にはそう書いてあったよ。何より看護師が目撃してるらしいからね。警察だって何の証拠もないのに追わないだろう。別れた奥さんだって、やましいことがなければ行方をくらますことなく、とっくに現れてるだろうからね」

そこで佐伯は一旦お茶を口に含んだ。嵩典はじっと考え込んでしまった。

主人公『カイト』は、母親に殺されていた。

子供は何を思って死んでいったのだろうか。一番の疑問はなぜ、母親は息子を殺さなければならなかったのか、である。自分のお腹を痛めて産んだ子供だ。殺さなければならないよほどの理由があったに違いないが、それでも理解できない。

「残酷なのはさ」

佐伯の声で嵩典は現実に引き戻された。

「カイトくんが植物状態だったことだよ」

それを知った嵩典の全身に電流が走った。

「そ、それは本当ですか？」

「二年ほど前かな。カイトくんは交通事故に遭って、気の毒にも植物状態になってしまったんだよ」

嵩典は寒気を感じ身震いした。国分と新垣の姿が重なったからである。彼らも今、それに近い状態でいまだに目を覚まさない。これは単なる偶然なのだろうか。

「植物状態、ですか」

やっとの思いで声を絞り出した。

「ああ、知ってるだろう？　そうなってしまったら患者は眠ったままだ」

嵩典の脳裏にある想像が生まれた。瞬間、身体がブルッと震えた。嵩典はそれを必死に否定した。あり得るか。偶然である。そんな非現実的なことがあるものか！

「松本さんは息子さんがいつか目覚めてくれると信じていたんだろうけど、精神的に疲れてしまったんだろうね。入院費だってばかにならなかったろうし。可哀想《かわいそう》に、あんな結果になってしまって」

まさか松本にそんな過去があったなんて考えもしなかった。

松本は皆に気を遣わせないよう気丈に振る舞っているようだが、内心仕事など手につかないほど辛《つら》いはずだ。嵩典が『魔界の塔』について聞いた時、彼の脳裏に息子の姿が過ぎらなかったわけがない。だから松本は冷静ではいられなくなった……。

松本の希望を奪い取ったのは別れた妻である。植物状態となってしまった息子を殺すなんてあまりに非情、残酷ではないか。その別れた妻の人間性すら疑ってしまう。

そして何より衝撃を受けたのは、『魔界の塔』の裏にこのような驚くべき現実があったことである。

「そういえば」

考えるような眼差しをしていた嵩典は、これまでずっと黙って聞いていた伊崎の声で我に返った。

「松本さんといえば、一緒に入社した野々村《ののむら》さんが三ヶ月ほど前に突然倒れて、今も入院してますよね」

それを聞いた嵩典の心臓がびくんと跳ねた。何か嫌な予感が胸に迫っているのを感じた。

「ああ、そうだったな」

「野々村さんというのは？」

微かに声が震えた。気持ち悪い汗が背中に滲む。

「プログラマーだよ。彼も『魔界の塔』を制作した一人だ。松本さんが、彼は有望だからといって連れてきたんだ」

と佐伯が教えてくれた。

「野々村さんの病気って、何か妙なんですよね」

伊崎は気味悪そうに佐伯に言った。

「ああ」

嵩典の心臓は暴れていた。口の中はからからに渇いていた。

「妙って？」

恐る恐る聞いた。

「倒れてからずっと意識が戻らないらしいんだ。さっきの話じゃないけど、植物状態みたいにね」

悪い予感は的中した。顔から血の気が引いていくのが分かる。目の前がチカチカし、嵩典はきつく目を閉じた。

国分や新垣と全く同じ症状である。

嵩典は嫌でもこう考えざるをえなかった。野々村という人も『魔界の塔』をプレイしたのではないかと。

可能性は非常に高い。何といっても『魔界の塔』を制作した一人なのだ。

「どうしたの、小巻くん？　さっきから変だよ。顔色も悪いし」

嵩典は太い息を吐いて目を開けた。そして、佐伯に熱を込めて頼んだ。

「佐伯さん、お願いします。その野々村さんが入院している病院を確認してもらえませんか？」

こうなったら調べずにはいられなかった。野々村の病状が国分や新垣と本当に同じかということを。

それにしても妙だ。なぜか松本の周りでは事件が多く起きている。

17

昼休みが終わると企画部会議室は慌ただしくなった。プログラマーやデザイナーやサウンド担当の人間が続々とやってきたからである。どうやら嵩典が入社する前から進んでいた企画が試作品の段階に移るらしく、これから打ち合わせが行われるようだ。

下っ端の嵩典は全員分のコーヒーを用意するよう佐伯に指示された。彼は廊下に設置されている自動販売機の前に立ち、ボタンを押した。ストンとカップが落ちるとコーヒーが注がれる。嵩典は屈《かが》んでその様子をぼんやりと見つめていた。

ふと彼は横を向いた。廊下の角に人影が認められた。

頭の中が松本一色に染まっていたので、そこから松本が現れた時は驚いた。嵩典は素早く立ち上がり一礼した。

「今日はよく会うね」

松本は穏やかな表情と声に戻っていた。

「先ほどは失礼しました」

「いや、いいんだよ」

「すみません。何も知らずに、あんな話をしてしまって」

言った直後に嵩典はしまったと顔をしかめた。これでは松本の事情を知っているようではないか。

誤魔化そうとしたが無駄だった。松本は敏感だった。

「聞いたのかね」

と再び表情が曇った。嵩典は正直に、はいと頷いた。

「ひどい話です。母親が、その」

嵩典は言葉に詰まった。この話題に触れたのを後悔した。

「いえ、すみません」

と謝ったが遅かった。やはりそこにだけは触れてはならなかったのだ。またしても松本の様子が一変した。頬と口元をピクピクと引きつらせながら言った。

「狂った女だよ。他に男を作って子供を捨てて出ていったくせに、いきなり現れて殺すんだからね」

松本の顔には別れた妻に対する憎悪が滲み出ていた。そこには鬼気迫るものがあり嵩典は圧倒されたが、ある部分が気になり口に出していた。

「いきなり現れる？」

「息子が事故に遭って苦しんでいたというのに、あいつは一度も息子に会いに来ることはなかった。何度も連絡したのに返事一つなかったよ。

なのにいつの間にか息子が入院している病院を突きとめ、呼吸装置の管を外して殺したんだ。私が駆けつけた時はもう遅かった」

松本は一息で言って、もうウンザリだというように溜息をついた。

「ここまで話せばいいだろう。頼むからもう放っておいてくれ」

最後の言葉には力がなかった。去っていく松本の背中には悲しみと疲労感が感じられた。松本の心境を思うと胸が痛くなり、嵩典はしばらくその場に立ち尽くしていた。

『魔界の塔』を制作した一人である野々村裕也《ゆうや》が入院している病院が分かったのは、それから二日後だった。できればもっと早く知りたかったのだが、佐伯は何かと忙しく、それどころではなかったらしい。また、立場上こちらから催促するわけにもいかず、結局今日になってしまったのだ。

嵩典は仕事を終えるとすぐにその病院に向かった。新宿にある大学病院である。受付で会社の者だと告げた嵩典は四階に急いだ。どうやら403号室が野々村の病室らしい。

面会終了時間まで僅《わず》かだったので廊下には誰もいなかった。

病室の扉をノックすると男性の声が返ってきたので安心した。新垣の病室を訪れた時のように後から親族に入ってこられると不審者に思われるので、弁解しなければならない。中にいる男性が親族ならより都合がいい。野々村が倒れる前の行動を詳しく知っている可能性があるからだ。

嵩典は遠慮がちに扉を開いた。そこにいた男性は嵩典と同い年くらいで、背が高くスラリとした男前で爽やかな青年だった。彼は初めて見る顔に戸惑っているようだった。

「どうも」

嵩典は挨拶した。

「どなた様ですか?」

この時間にいるということは、彼は野々村の身内だろう。

「バンテックの小巻といいます」

そう言っただけで彼は納得した。

「わざわざありがとうございます。僕は弟の直樹《なおき》です」

彼が弟だと分かり、嵩典は内心嬉しさがこみ上げる。

「野々村さんの容態はどうですか?」

そう聞いて、初めて見る野々村の顔を覗いた。血色はよく眠っているように見える。だが、ただ眠っているわけではない。野々村も国分や新垣と同じで、いつまでも眠り続けているという。それが三ヶ月も続いている。

直樹は残念そうに首を振った。

「一向に変化はありません。医者もいまだに原因が摑めないというし。一体こんな状態がいつまで続くんでしょうか」

精神的に疲れているのだろう、最後はウンザリした声になっていた。

野々村には国分や新垣と同じで延命装置などは取りつけられていないが、身体には様々な管がつけられている。これは研究のためだ、ということを嵩典は知っている。二人を研究している研究員から聞いたのだ。傍にある大小の機材が、心拍数や脳波等を計っている。

そこまで詳しく知っている嵩典だが、二つのことを確かめる必要がある。一つは無論、野々村が倒れる直前に『魔界の塔』をプレイしていたかどうか、だ。これは容易に聞ける。だが次が問題だった。それは、野々村が白目を剝いていたかどうか、である。初対面でそんな質問をしてもいいものだろうか。

まずは無難に一つ目の疑問について聞くことにした。

「あの、変わった質問をするので、おかしかったら聞き流してください」

と嵩典は前置きした。

「はあ、何でしょう」

「野々村さんは倒れる直前、『魔界の塔』というゲームをやっていませんでしたか?」

その質問に直樹は心底驚いたようだった。

「よくご存じですね。そうなんです。倒れているのを発見したのは僕なんですが、その時も『魔界の塔』が画面に映っていました」

興奮する直樹に対し、嵩典は脱力し膝から崩れ落ちそうになった。恐れていたことが現実になってしまった。やはり一連の事件には『魔界の塔』が関係しているというのか。

「画面に映っていたのは最終ボス戦でしたか?」

これも相手からすればおかしな質問だが、嵩典は流れに任せて聞いた。

「そこまでは確かめていません。何しろそれどころではなかったので」

「そうですよね」

「それにしても、どうしてそんな質問をするんです？　実は前にも一度、似たようなことを聞かれたことがあるんです」

今度は嵩典が驚く番だった。

「それは誰ですか」

「兄の上司で、今は小巻さんと同じ会社の松本さんですよ」

嵩典はもう驚きはしなかった。彼の目には狼狽する松本の顔が浮かんでいた。

「どんなふうに聞かれたのですか？」

「松本さんは兄から、『魔界の塔』をやっているというのを少し前から聞いていたらしく、本当に倒れる直前に『魔界の塔』をやっていたのかと確かめてきたんです。だから僕は今と全く同じ返事をしました。そしたら松本さん、急に顔色が悪くなって、気分がすぐれないからと、帰ってしまったんですよ」

なぜ松本が直樹にそれを確かめたのか。嵩典は容易に想像できた。松本と野々村は『魔界の塔』の噂を知っていたのだ。どちらが先に情報をつかんだかは不明であるが、二人が噂を知っていたのは確実といっていい。だから野々村は真相を確認しようと『魔界の塔』をプレイした。ひょっとすると国分が自分にしたように、ボス戦の直前だということを、野々村も松本にメールや電話で伝えていたかもしれない。いずれにせよ、その直後に野々村が倒れたと知った松本は国分と同じように『魔界の塔』が原因ではないかという疑いを持った。しかし、松本と国分とには大きな違いがある。

確かに国分は疑いを抱いていたが、あくまでそれは根拠も何もない漠然としたものだった。だが松本には事件と『魔界の塔』を繋げる理由があった。嵩典にはその理由が何となく分かっている。それは今彼が必死に振り払おうとしている妄想である。

母親に殺された『カイト』の怨念《おんねん》。松本はそれを感じたはずだ。

『魔界の塔』には死んだカイトの魂と呪いが宿っている。ボスを倒せないなら、僕と同じように植物状態にしてやる、という声を聞いたのではないか。

「でもなぜ、兄は急に『魔界の塔』をプレイしようと思ったんでしょうかね。四年くらい前に自分が創ったソフトですよ。なのに兄はまるで新作ソフトに熱中するみたいに『魔界の塔』をプレイしてました」

嵩典は野々村の寝顔を見つめながら直樹の話を聞いていたが、

「しかも兄はわざわざ最初からプレイしていたんですよ」

と彼が言った時、違和感をおぼえ聞き返した。

「わざわざ最初から、とは？」

「小巻さんは知りませんか？　『魔界の塔』には『裏技』があって、兄は発売当初、僕にそれを教えてくれたんですよ」

「裏技！」

まさかその言葉が出るとは予測しておらず、嵩典は思わず叫んでいた。

裏技とは、正式には公開されていない操作方法で、それを入力すると特殊なキャラクターを扱えたり、体力が無限大になったりするというものだ。簡単に言ったら『ズル』みたいなもので、もちろん全てのゲームに裏技があるわけではない。だが『魔界の塔』にそれがあると知り、嵩典は動悸がたかまった。

「それはどういう裏技ですか」

嵩典は勢い込んだ。彼の鋭い目に、直樹は一瞬臆したようだ。

「確か、最後のボスから始められて、しかもプレイヤーが最強になっている、というものでした。僕は兄に、裏技を使えばいいじゃないかと言ったんですが、兄はいいんだ、と言って地道にプレイしていました。自分の創ったソフトが懐かしくなって一から始めたくなったんでしょうかね。僕からしたらどうしてそんな面倒くさい作業をするのかなと疑問でしたよ。確かに裏技を使ってしまうとゲームがすぐに終わって、つまらなくなってしまうのは分かりますけど」

嵩典の身体は一気に熱を帯びた。汗がジワジワと浮き出るほどだった。

「プレイヤーが最強になるんですね？　その裏技は一体どうやるんですか？」

直樹は腕を組み、思い出すような仕草を見せた。

「えっと、セーブする際にファイル名を書きますよね。その時に、ある文字を入力するんですが……」

肝心のファイル名を忘れてしまったようで、直樹は小さく唸った。

「お願いします。思い出してください」

しかし結局直樹の口からそれを聞くことはできなかった。

「すみません。何せかなり前のことで、僕も一度しか聞いていないので思い出せません。でも特殊な言葉だったのは確かです」

「特殊な、ですか」

まさか『ファイル名』にクリアの鍵が隠されているとは考えもしなかった。意外なところに盲点があった。この場でそのキーワードをつかめないのは歯痒いが、『魔界の塔』に裏技があるという事実を知ることができたのは大きかった。

しかしそうなると、松本は嘘をついていたことになる。嵩典が、クリアの方法を聞いた時、松本はそんなものはないと断言した。彼の嘘はそれだけではない。『魔界の塔』に関する噂も知らないと言った。しかし彼は知っていたのだ！

松本はなぜ真実を隠したのだろうか。突然のことに驚いただけだろうか。

とにかくもう一度松本と話す必要がある。ただ会いに行くだけでは疎ましく思われるだろうが、今の嵩典には『ファイル名』を聞くという大義名分がある。今度は国分と新垣の話もするつもりだった。

しかし嵩典はすぐに肝心なことに気づいた。いくら松本を追及したところで、一連の事件は解決しない。実際に魔界の塔が関係しているかどうか定かではないのだ。

「最後に聞きますが」

嵩典は帰り際、直樹に向かって一応尋ねた。

「野々村さんは倒れたとき、白目を剝いていましたか？」

直樹の驚いた表情から全てが分かった。

彼は息を吞み頷いた。

「その、とおりです」

嵩典は野々村の病室を辞去し、大学病院を後にした。

18

嵩典は翌日、会社に着くなり人事部を訪ねた。しかしいくら待っても松本は現れなかった。人事部の者によると、松本は少し熱があるから欠勤する、とのことだった。タイミングの悪さに舌打ちして、嵩典は翌日を待った。しかし松本はこの日も欠勤し、その翌日にはついに連絡もこなくなったと人事部の者は困った様子で話した。

嵩典はそれを聞いて、おかしいと疑念を抱いた。微熱くらいで三日も休むだろうか。しかも三日目には連絡がこなくなった。本当に病欠なのだろうか。松本は他に事情があって出勤しないのではないだろうか。

松本が欠勤している原因はもしかしたら自分にあるかもしれない、と嵩典は思った。考えてみれば松本は欠勤する前日、息子の過去や前妻に対する恨みや怒りをぶちまけた。その様子は尋常ではなく、そこに初対面の時に会った紳士の姿はなかった。

そうさせたのは嵩典である。触れてはならぬところに触れてしまったのだ。

しかし、それで欠勤が続くというのも大袈裟《おおげさ》なような気もした。

漠然とした不安に包まれ、彼は、見舞いを口実に、人事部の者に松本の住所を教えてくれと頼んだ。しかし、それは我々の仕事だから大丈夫だとあっさり断られてしまった。そんな理由で引くわけにはいかず、しつこく頼み込んだのだが、松本の許可なく教えることはできないと言われ、嵩典はやむなく引き下がった。

翌日曜日はもちろん休みで、月曜日も体育の日で会社は休みとなり、彼にとってはもどかしい二日間だった。明日こそ松本に会える、と嵩典は自分に言い聞かせ期待した。

だが連休が明けても松本は無断で会社を休んだ。嵩典はこの日も人事部を訪れた。一見、人事部の者たちはいつもと変わらない様子だが、部内の雰囲気が微妙に変わっていた。

松本は今まで遅刻も欠勤もない真面目《まじめ》な社員との評判だった。そんな彼が無断欠勤を続けている。自宅に電話しても留守録だし、携帯電話にも出ないというのだ。

嵩典にはある懸念が生まれていた。もしかしたら何らかの事故に巻き込まれたのではないか、と。

だがその想像は外れた。水曜日になって突然動きがあったのだ。

昼過ぎ、人事部から連絡があった。君が松本さんを心配していたから内線をかけたんだ、と受話器の向こうの社員は言った。

嵩典はこの時から緊張していた。

「どうか、しましたか？」

抑えた声だったが心臓は騒いでいた。

『ちょっと前に松本さんが来て、辞表を提出したよ』

嵩典はイスから立ち上がった。

「まさか！」

周囲の目が一斉に集まった。

『いやぁ、驚いたよ。何せいきなりだったからね』

彼は殴られたような気持ちだった。

『部長が引き留めたんだけど、迷惑をかけるわけにはいかない、って言って会社を出ていったよ。僕らにはさっぱりだね』

頭が混乱しているせいか男の言葉が溶け込んでいかない。

『もしもし？　聞いてるかい？』

嵩典はしばらく反応できなかった。

あまりに突然な松本の行動だった。何日も無断欠勤が続いたと思えば、いきなりやってきて辞表を提出する。これは普通ではなかった。会社側からすれば無責任にもほどがある、ということになるだろう。しかし松本はそんな良識のない人間ではないはずだ。まるで思考回路が狂ってしまったようだ。

一体彼はどうしたというのか。迷惑、とは何か。単純に無断欠勤のことをさしていると考えていいのだろうか。

嵩典は松本に逃げられた気分だった。実際そうなのかもしれない。松本は身辺を嗅《か》ぎ回る人間が疎ましくなり退職を決意した。嵩典にはそれしか思いつかない。実際そうだとしたら責任を感じてしまう。自分が松本の生活を狂わせたことになるのだから。

いずれにせよ、これで噂の件はいうまでもなく、『ファイル名』すら聞き出せなくなってしまった。

嵩典は複雑な気持ちだった。一応デスクには向かっているが当然仕事など手につくはずもなく、企画を練っているフリでこの日の仕事を終えた。

俯き加減で会社を出たが、まだ松本のことを考えていた。やはり未練が残る。どうにかして松本に会う方法はないだろうか。明日、もう一度人事部の人間にかけ合ってみよう。それが駄目なら他の方法を探す。

そう決意して顔を上げた時だった。頭に思い浮かべていた松本が目の前に立っていたので、嵩典はビクリと立ち止まった。幻でも見ているのではないかという思いだった。

「松本さん」

やっと声が出た。

「やあ」

松本は気まずそうに視線を下に逸らした。嵩典はその表情を見て安堵した。最近は荒れた松本しか見ていなかったのだが、今日はいつもの温厚な松本である。

「もしかして、僕を待っていたんですか？」

嵩典は聞いた。松本は無言で頷いた。

「それより聞きましたよ。どうして辞表なんて出したんですか」

松本は俯いたまま答えない。

「僕が原因ですか？」

と聞くと、彼は顔を上げて少し笑みを見せた。

「まさか、どうして君が原因なんだね？」

嵩典は答えに窮した。

「それよりね、小巻くん」

松本の声が真剣な調子に変わった。

「はい」

と嵩典も彼を真っ直ぐに見つめる。

「君とじっくり話がしたいと思ってね」

松本からそう言ってくるとは予想外だった。嵩典は彼の目の奥を覗いたが心が読めない。しかしこの心変わりには何か理由があるはずだった。そうでなければ急に話したいなどと言ってくるはずがない。

嵩典は妙な疑いが先行してしまい反応が遅れた。勿論、迷いはない。この機会を逃してはならない。

「僕もですよ、松本さん」

嵩典は早速どこかの喫茶店に入ろうと周辺を見たが、松本は待てというように手を上げた。

「今日じゃない。今週の日曜日、私の家に来てくれないかな。その時に話そう」

嵩典にはそうする理由がすぐには考えつかなかった。

「日曜日、ですか?」

確認の意味で聞いたのだが、嵩典の声には不満が混じっていた。

「そうだ。私の家はここだから」

松本はそう言って一枚のメモを渡してきた。それを受け取ると、

「じゃあ、待ってる」

と言い残して去っていった。嵩典は松本の姿が見えなくなって初めて折りたたまれたメモを開いた。そこには彼の家の住所と携帯電話の番号が書いてあった。嵩典はそれを大事そうにしまったがしばらく歩きだせないでいた。

松本の声は終始穏やかだったが、有無を言わさないやり方だった。

こちらにしても断る理由はないが、嵩典はますます松本という人間が分からなくなった。

19

いよいよ約束の日曜がやってきた。この三日間は嵩典には異様に長く感じられた。その間、松本がわざわざ日曜日に自宅に招く理由を考えていたが、これといった答えが出ず思案が尽きた。とにかく行けば分かる。松本が何のために自分を呼び出したのか、もうじき答えが出る。

彼は、警戒心を忘れてはならないと自分に言い聞かせていた。あの日、松本は最後まで優しい目を見せていたが、心のどこかではやはり、身辺を嗅ぎ回った自分を忌まわしく思っているはずである。だとしたら万が一の危険も考慮しなければならない。

するとこれから向かう場所が戦場のように思えてきた。嵩典は気を引き締め口元を強く結んだ。

嵩典は正午前にＪＲ千駄ヶ谷駅に降り立った。気持ちとは裏腹に、空は雲一つなく綺麗に晴れ上がっている。

駅から十分ほど歩いた嵩典は、メモに書かれてある『キャッスル千駄ヶ谷』を見つけた。

名前のとおり七階建てのマンションは城のような造りである。併設されている駐車場には高級車ばかりが止まっていた。

自動ドアをくぐった嵩典は『２０１』とゆっくりとボタンを押した。間もなく、松本の声が出た。

「どうぞ」

同時にオートロックが開いた。嵩典は深呼吸して中に入った。

エレベーターには乗らず階段で二階に上がった。

『松本伸一《しんいち》』と書かれたプレートが目に留まった。嵩典は扉の横にあるインターホンを鳴らした。

ドアが開くと、長袖のポロシャツにジーンズ姿の松本が出てきた。無職となった彼だが、髪はきっちり整えられていて、髭《ひげ》のそり残しもない。気になるのは、血色があまりよくないことだ。

「いらっしゃい。待ってたよ」

その顔には優しい笑みが浮かんでいた。別の気配など感じられなかった。それでも嵩典はまだ緊張の面もちだった。

「どうも」

「さあ入って」

と松本は嵩典を部屋の中に迎えた。

「失礼します」

松本は丁寧にスリッパを用意してくれた。

「こっちへ」

嵩典は松本の後ろをついていく。途中、ある部屋が目に留まった。扉が閉まっていたので中は見えなかったが、ドアノブに『カイトの部屋』と書かれたプレートがぶら下がっていた。しかし子供はこの世にいない。部屋の中に子供の魂が宿っているのではないかと思うとゾッとした。

松本はリビングにある白いソファをさした。

「そこに座って」

そう言ってキッチンのほうに移動した。

「コーヒーでいいかな」

「はい」

嵩典はソファに座ってリビングをぐるりと見渡したが、何とも殺風景な部屋である。テレビやテーブルやソファといった必要最低限の物しか置いてない。男一人で生活するとここまで寂しい部屋になってしまうのだろうか。

この時、嵩典は妙な違和感をおぼえた。しかしその正体が分からない。

嵩典はそれをはっきりさせようと頭を働かせたが、松本にコーヒーを出された瞬間に考えは途切れた。

「どうも」

嵩典は砂糖を入れて一口飲んだ。本格的なコーヒーは飲み慣れていないので、まだ少し苦く感じたが、今はそんなことはどうでもよかった。松本が向かいに座るとすぐに質問した。

「松本さん、なぜ急に会社を辞めたりしたんですか」

その件についてはやはり松本は答えない。

「会社を休んでいる間、何をしていたんですか。心配してたんですよ」

松本はそれには口を開いた。

「カイトが入院していた病院へ行ったり、昔よく家族で遊びに訪れた廃校へ行ったり、その他にもカイトとの想い出がある場所へ行って、カイトのことを想い出していたよ」

嵩典はある箇所が気になった。

「廃校、ですか？」

廃校に遊びに行くとは珍しいと思った。

「ああ。昔私たちは登戸《のぼりと》に住んでいてね、近くに廃校があったんだ。カイトは公園より何より、廃校のグラウンドと遊具がお気に入りでね。本当はいけないんだろうけど、校舎に入ってポータブルゲームを一緒にやった時もあったよ」

松本は懐かしそうに話しているが、心は痛く、苦しいだろう。

「そうだったんですか」

「それより小巻くん」

松本は急に声色を変えた。視線が重なる。そろそろ核心に触れてくるか、と嵩典は身構えた。

「野々村くんの弟さんから聞いたよ。先週、野々村くんが入院している病院へ行ったそうだね」

嵩典は正直に答えた。

「はい、行きました」

どうやら松本はあの後に病院を訪れたようだ。

「その時に弟さんが言っていたよ。小巻さんは、兄の何もかもを知っているようだったとね」

松本は遠回しに迫ってくるが、嵩典は駆け引きせず、

「はい、知っています」

と言いきった。

「どうしてだね？」

松本は身を乗り出して聞いてきた。その瞳はどこか怯えているようにも見えた。

「僕の後輩とその友人も、野々村さんと全く同じ状況で、身体に異変が起こったからです。今も野々村さんと同じように眠り続けています」

松本は息を呑み、

「彼らも、『魔界の塔』をプレイしたということかね」

と恐る恐る聞いた。嵩典は松本の目を真っ直ぐに見て答えた。

「彼らは『魔界の塔』の噂を知ってプレイしました。そして最終戦に負けた後に異変が起きています」

「どうして最終戦の後だと言いきれるのかね？」

「最終戦の直前に後輩から、これからボスに挑むというメールがあったし、病院へ運ばれた後の後輩の部屋を見ました。画面にはボスに負けた後の映像が映っていました」

松本はきつくまぶたを閉じて脱力したように首を折った。

「やっぱりそうだったのか」

「松本さん」

嵩典は思わず語気を強めた。こちらを見た松本はもう色を失っていた。

「あなたは僕に嘘をつきましたね。あなたは、『魔界の塔』の噂を知っていたんですね」

そう問い詰めると、松本はしばらく考えて頷いた。

「すまない。あの時、君が急に聞いてきたものだから驚いて嘘をついてしまったんだ」

松本は一息ついて続けた。

「実は知っていたんだよ。野々村くんから聞いたんだ。四ヶ月ほど前だった。彼は、『魔界の塔』の最後のボスが倒せないようになっている、という書き込みをネットで見た、と話してきた。そんなはずはないと、最初は僕も相手にしなかった。野々村くんも信じてはいなかったよ。それでも確かめてみるといって彼はプレイし始めた。その四日後に彼から、これから最後のボスと戦いますという連絡があった。その後に野々村くんが倒れ、何日も目を覚まさないと知った時は恐くなったよ。真っ先に植物状態となった息子が頭に浮かんだ。息子が殺されてしばらくしての出来事だったから、余計頭から離れなかった。笑われるかもしれないが、私はカイトの呪いなのではないかと思ったよ。君も知ってのとおり、『魔界の塔』の主人公はカイトだから、そう感じるのは尚更だった。私が抱いた疑いは日が経つにつれて強くなっていった。そして今君の話を聞いて確信したよ。こんな偶然が重なるわけがない。『魔界の塔』には殺されたカイトの怨念が宿っている。主人公が最後のボスに倒されると、プレイヤーはカイトのように植物状態のようになってしまうんだよ。カイトの呪いなんだ」

到底あり得ない、非現実的な話を松本は熱心に話した。

「君もそう思わないか？」

と松本は熱い視線で訴えてきた。

「ずっとただの偶然だと思ってきましたが、松本さんからカイトくんの話を聞き、そして野々村さんも同じ状況で病院へ運ばれたと知った時は、正直、否定しきれませんでした」

「でも一つ疑問が残る。君は『魔界の塔』をプレイしたんだよな？　確かにあの時、君はボスが倒せないようになっていた、と言った。でも君は後輩や野々村くんのようにはならなかった。だからそれを聞いた時は、やはり呪いなんて考えすぎなのかなと思ったよ。

ネットの書き込みだってそうだ。書き込んだその人物も最後までプレイしたということじゃないのかな。でも書き込みがあるということは、異状はなかったわけだろ？」

嵩典は大きく息を吐き、ゆっくりと首を横に振った。

「僕は負ける直前にスイッチを切りました。ただの偶然と思い込んでいたにもかかわらず、一瞬後輩たちの姿が脳裏を過ぎって、切ったんです。書き込んだその人物については分かりません。でも、もし本当に松本さんの言っている超常現象が起きているのなら、途中でスイッチを切ったのではないでしょうか。僕と同じ理由からではないでしょうがね。ただ諦めてだと思いますが」

その疑問が解けると改めて確信したのだろう、松本は驚愕《きょうがく》したような顔になり、頭を抱えた。

「ではやはり……やはり」

「松本さん、改めて聞きます。最後のボスは本来倒せるようになっているんですね？　攻撃が当たらなくなるというような変調が起きるなんてあり得ないんですね？」

松本は頭を抱えたまま何度も頷いた。

「もちろんだ」

嵩典はそこで質問の方向を少しずらした。

「それにしても気になることがあるんです、どうして野々村さんは『裏技』を用いなかったのでしょうか。『裏技』を使えば最終戦から始められるし、何より主人公が最強になるじゃないですか」

松本はふと顔を上げた。彼の瞳には一切の余裕が感じられなかった。

「それも野々村くんの弟さんから聞いたんだね」

「ええ」

「実はその裏技というのは、ごく少数の人間しか知らないんだよ。制作に関わった人間でさえほとんど知らないくらいだ」

「制作者も知らない？　なぜですか？」

「僕が個人的にプログラマーの野々村くんに不正プログラムをお願いしたからだよ」

嵩典の眉がピクリと動いた。

「不正プログラム？　そんなこと可能なんですか？」

「可能だよ。本制作が終了して、最後のデバッグ作業後に、『裏技』をプログラミングするんだ。プログラマーの野々村くんからしたら簡単なことだよ」

「どうしてそんなことをする必要があったんですか？」

一番の疑問点はそこである。

「カイトはゲームが大好きでね、ゲームをやる時は主人公になりきっていた。その時の口癖が、僕は誰にも負けない最強ヒーローなんだ、だったんだ」

「最強ヒーロー、ですか」

嵩典はカイトの気持ちがもの凄《すご》くよく理解できた。幼い頃は誰もがアニメや漫画のヒーローに憧れ、自分がなりきるのである。

「私はどうしてもカイトをゲームの主人公にしてやりたくて、『魔界の塔』の企画を発案した。野々村くんに不正プログラムをお願いしたのは、カイトへのプレゼントみたいなもんだよ。絶対に負けない『カイト』を作れば、息子も喜ぶと思ってね」

そんな経緯《いきさつ》があったのかと嵩典は納得した。

「そういうことだったんですね」

想い出に浸る松本は現実に引き戻されたようにハッとなった。

「本筋から逸れたね。野々村くんが『裏技』を使わなかったのは、ネットに書き込んだ人物が『裏技』なんて知るはずもなく、最初からプレイしたからなんじゃないかな。だから野々村くんも一からプレイして確かめたかったんだと思うよ」

「なるほど」

口が渇いた嵩典はコーヒーを一口含んだ。松本は思い詰めたような眼差しで一点を見つめている。死んだカイトを想い出しているようだった。

「カイトくん、自分が主人公になれて嬉しかったでしょうね」

松本はそのままの視線で頷いた。

「ああ、そりゃあもう喜んだよ。ゲームの主人公になれるなんて滅多にないことだからね」

「ですよね」

「私はカイトを想い出すたびに、『魔界の塔』を作って本当によかったと思うんだ。トラック事故で植物状態となってからは、私は何もしてやれなかったからね」

松本の心境を思うと言葉が見つからなかった。

「医者にもう意識は戻りませんと言われた時は、頭が真っ白になったよ。同時に、男を作って家を出ていった妻に恨みも抱いた。こうなったのはあの女のせいだとね」

直接関係はないがそう思う松本の気持ちは分かる。どこかに怒りをぶつけたかったのだろう。

「私は、カイトが植物状態になってしまったとはいえ、いつか意識が戻ってくれるのではないかと信じて病院に通ったよ」

嵩典は相槌を打って聞く。

「こんなことを君に言うのはどうかと思うが、入院費も大変でね。それでも苦にはならなかった。いつか意識が戻るのを信じて精一杯働いたよ」

「分かります」

「なのにあの女、着飾ってきやがった」

それは一瞬だった。またも松本は鬼のような形相になり、声は別人みたいになった。妻に対しての怒りや憎しみが全身から放たれていた。

「すまない」

嵩典の唖然《あぜん》とした顔を見て、松本は我に返った。

「いえ」

松本は取り繕うように、ポロシャツの胸ポケットから一枚のメモを取り出しそれをテーブルに置いた。

「これは?」

折りたたまれているので中は見えない。

「『魔界の塔』の『裏技』に至るキーワードだ」

嵩典はすかさずメモに手を伸ばした。そして折りたたまれているメモを開いた。そこには、

『NCBM』

という意味不明な文字が書かれてあった。

これをセーブする時のファイル名にすることで主人公が最強になる。

「NCBMとは？」

嵩典は聞いた。

「Nobody can beat me.——誰も僕を倒せない——の頭文字だ」

と松本は答えた。

「なるほど」

「それでボスが倒せるんじゃないかな。少なくとも主人公が倒されることはない。主人公の体力は無限大になるからね」

嵩典はもう一度メモに書かれてある文字を見た。

「何となくだが、ボスを倒せば何か変化があるとは思わないか？」

嵩典は松本を見た。

「変化とは？」

「何の根拠もないが、カイトが成仏してくれるんじゃないだろうか。そうしたら呪いも消えるような気がするんだ」

「呪いが、消える」

「ああ」

「でもどうして僕にその役目を？　松本さん自らが倒したらどうですか」

松本は、グッと唇を噛《か》んだ。

「『魔界の塔』をプレイするのが辛いんだ。いや、恐いって言ったほうが正しいかな」

「恐い？」

「私はカイトを別れた妻の手から守ってやれなかった。私が死なせてしまったようなものだから、カイトにはずっと恨まれているような気がしてね」

松本の悔いる様子を見て、嵩典は決意した。

「分かりました。では僕がやります」

松本はそっと顔を上げた。

「本当かね」

嵩典は顎《あご》を引いた。

「ゲーム機はどこですか？　やってみましょう」

そう言うと松本は少し躊躇《ちゅうちょ》した。

「それはそうだが……」

と言葉に詰まる。嵩典はすぐに松本の心中を察した。

なるほどプレイが行われている場所にいることすら辛いわけか。松本自身がカイトの呪いに侵されているようだった。

「分かりました。早速自宅に帰ってやってみます」

「任せたよ」

嵩典はメモを大事にポケットにしまい、ソファから立ち上がると玄関に向かった。

ドアを開いた時になって、嵩典は肝心なことを聞いていないことに気がついた。

「松本さん、僕を呼んだのはどうして今日だったんですか？　他の日でもよかったじゃないですか」

松本は小さく首を振った。

「どうしてです？」

「十月十三日。今日はカイトの誕生日なんだよ」

「誕生日？」

それは考えてもいなかった。

「今日でカイトは七歳になるはずだった」

「そうだったんですか」

「君にとってはどうでもいいことかもしれないが、私は今日、君に『魔界の塔』をクリアしてもらいたかったんだよ」

松本の言うように、正直嵩典にはどうでもいいことだった。そんなものにこだわらなければもっと早く話し合えたのだ。

とにかく、松本が今日を選んだ理由は分かったので、胸のつかえがおりた。

「では、失礼します」

嵩典は松本に挨拶してマンションを出た。そして急いでＪＲに乗った。

20

千駄ヶ谷から町田までの距離は嵩典を苛立たせた。一時間以上かけてようやく自宅に辿り着くや否や部屋に駆け込み、棚からゲーム機を引っぱり出した。そして、部屋の隅に放ってあった『魔界の塔』を手に取った。

急いで準備をする嵩典の動作が、ふと止まった。

彼は息を切らしながらゲームソフトをじっと見つめた。当たり前だが、初めはどこにでもあるようなＲＰＧにしか思えなかった。しかしこのゲームソフトには松本の愛情とカイトの想い出とが詰まっていることを知った。

嵩典は今、手に持っているゲームソフトにズシリとした重みを感じている。

『魔界の塔』を丁寧にゲーム機にセットすると、テレビの電源を入れコントローラーを強く握った。

テレビ画面に、幾度となく見てきたオープニング映像が出る。嵩典は『ＮＥＷＧＡＭＥ』を選択しゲームをスタートさせた。

プレイが開始されたところで、すぐにセーブ画面にして、ファイルに『ＮＣＢＭ』と書き込んだ。知ってしまえば簡単な作業だが、これで『裏技』は完了である。嵩典は一旦ゲームのスイッチを切り再びＯＮにした。先ほどと同じオープニング画面が映し出される。今度は『ＣＯＮＴＩＮＵＥ』を選び、ファイル名『ＮＣＢＭ』を選択した。

テレビ画面が一度暗くなり、部屋がしんと静まり返った。ゲーム機がＣＤを読み込んでいる。

勝つと分かっていても、緊張で鼓動が早まる。

画面が明るくなった途端、嵩典は身を乗り出した。松本の言ったとおり、主人公『カイト』は結界の解かれた魔界の塔の前にいた。すでに二人の魔法使いは石にされている。

残すは最終決戦のみとなっていた。ゲームがスタートした村からここまで一気にワープしたのだ。嵩典は次に『カイト』のステータスを確認した。主人公の数値に思わず目を見はった。主人公『カイト』の体力レベルは『∞（無限大）』となっており、装備品も今までに出てこなかった物を持っていた。

武器は伝説の剣。これも攻撃力は最大だ。

防具は上から、ゴールドヘルム、ゴールドスーツ、ゴールドブーツと黄金だらけで、重装備というよりは、派手に着飾っているという感じがしないでもない姿だった。しかし文句はない。これも松本が息子を特別に思っていたゆえの考案である。

これなら倒せると勝利を確信した嵩典は早速、結界の解かれた塔に入ろうとした。

だが、その時だった。

嵩典は身体に電気が流れたかのような衝撃を受け、指の動きを止めた。魔王ザンギエスはもうすぐそこだというのに、つい先ほどの松本の言葉が今になって頭に響いてきたのだ。

嵩典の目は、派手に着飾った主人公『カイト』に吸い寄せられていた。

松本は確かに言った。

『なのにあの女、着飾ってきやがった』と。

あの時、松本の変貌に圧倒されてしまい深く考える余裕がなかったが、今思うと、あの別れた妻に対する怒りの言葉はおかしくないか？

松本は前に、出ていった妻は息子に一度も会いに来なかった。連絡をしたが返事一つよこさなかった、と言ったではないか。つまり、松本は彼女が出ていって以来、ずっと会っていない、と理解するのが自然である。

だが、もしかすると松本は彼女の暮らしている場所を知っており、陰から様子を窺っていたのではないだろうか？

あの言葉、そしてあの言い方はまるで、松本が彼女を呼び出した、もしくは呼び出されたようではないか。

これは勝手な憶測だろうか？

どちらにせよ、『きやがった』というからには、松本は彼女の行動を見ていたことになる。すると自然と次の疑問が生まれた。

果たして別れた妻はどこに『きた』のか。そしてそれはいつか、である。

嵩典は、

「いや」

と首を振った。

見ていただけではない。やはり二人はカイトの事故後にも会っている気がする。ただの勘にしては胸が騒ぐのだ。

松本にはまだ隠し事があるのではないだろうか。

それは今まで以上に重大な事実と繋がっているのかもしれない。

一度そう思うと、いよいよじっとしていられなくなった。調べずにはいられない。

立ち上がろうとした時、今度はある不安が生まれた。

今日は松本にとって特別な日である。帰り際に彼は、カイトの誕生日に『魔界の塔』をクリアしてもらいたかった、と言ったが果たして本当にそうだろうか？　今になるとその理由はどうも弱い気がする。そこに嘘はなかったとしても、松本がもう一つ心に決めていたことはないか。つまり、真の目的が別にあるのではないか。

彼は一人息子を心から愛し、別れた妻に憎悪を抱いていた。息子を殺されたことを、自分のせいだと悔いていた。

この特別な日に、松本が彼女への恨みを晴らそうとしていたとしたら……。

「まさか」

さすがに考えすぎだろうか。だが不吉な予感がするのである。否定しきれないのだ。松本が彼女の居場所を知っているのなら尚更だ。

その読みが外れていても、松本がもう一つ重大な事実を隠しているという線には確信がある。

松本は興奮と憎しみのあまり、『きやがった』なんて言葉をつい洩らしたのだ。

嵩典はコントローラーを放って立ち上がり、松本の携帯に連絡した。しかし、コール音ばかりが続く。

一旦切ってもう一度連絡したがやはり出ない。三度目も同じだった。

「なぜ出ないんだ」

嵩典は叫んだ。彼の全身は熱を帯び、手のひらは汗で濡れた。

松本は今どこにいる。マンションにいてくれればいいのだが。

嵩典は家を飛び出した。そして息せき切って再び松本の住むマンションに向かった。

21

千駄ヶ谷駅に着いた嵩典は人を強引にかき分けながら外に出た。夕日が彼の顔を更に紅くさせた。

嵩典は全力で走った。心臓の痛みを忘れるくらい危機感に満ちていた。

キャッスル千駄ヶ谷に戻ってきた嵩典は『２０１』を押した。反応はない。オートロックが解除されなければ中には入れない。

嵩典は、そうだ、と裏に回った。幸い、非常口を乗り越えれば中に入れるようになっていた。今は不法侵入だとか細かいことなど言っていられない。

非常口を乗り越えた嵩典は二階に上がり、２０１号室のインターホンを押した。しばらく待ったが出ない。何度押しても出てくる気配がない。

「松本さん！」

嵩典は呼んだ。しかしいないのか、反応が返ってこない。

彼はドアノブに手をやった。ドクンと心臓が跳ねた。鍵が開いているのである。

「松本さん」

と呼びかけながら嵩典は部屋に入り、カイトの部屋の前を通り過ぎて奥に進んでいく。一足ごとにフローリングがキシキシと鳴り、それが妙に耳に響いた。

「どこですか？」

先ほど話し合ったリビングにはいない。嵩典が飲んだコーヒーは片付けられていた。一応キッチンのほうも確認したが松本の姿はない。

もしかしたら鍵をかけずに出かけたのだろうかと考えたその刹那《せつな》、嵩典の目は、リビングの隣の部屋に引きつけられた。扉が閉まっているので中の様子は勿論分からないが、ただならぬ気配を感じたのである。

嵩典はそっと扉を開けた。夕日が射し込み目を細めた。

紅い光は、宙に浮いた男を影絵のように映していた。

その光景に嵩典は握っていた拳《こぶし》を力なく開いた。

嵩典は、首にロープが巻かれた男の姿を茫然《ぼうぜん》と見つめていた。松本が首を吊っているという現実を呑み込むのに長い時間を要した。

現実に引き戻されると、激しい動揺に襲われ、言葉にならない。

「どうして」

やっと言葉になった。しかしまだ混乱していて松本が首を吊った理由を考える余裕などなかった。

棒のように突っ立っていたが、急に痙攣《けいれん》にも似た震えが襲ってきた。ぎこちなく後ずさると、足がよろけて尻餅《しりもち》をついた。

その時、イスの下に落ちている一枚の便箋《びんせん》に気づいた。嵩典は震えながら便箋に手を伸ばす。

まだ冷静にはほど遠いが辛うじて文字は読めた。

そこにはこう書かれてあった。

『自分勝手な死であることは自覚しており、また申しわけないと思っています。

私は、これ以上生きていく意味がないと感じました。生き甲斐だった息子のカイトを失い、もう生きる気力がないのです。それでもこの半年は、一人で生きていこう、息子の分まで頑張って生きていこうと思ってきましたが、もう限界です。カイトの誕生日の今日、カイトの元へ行くことに決めました。

今、思い起こしても、私はカイトを殺した別れた妻が憎くてなりません。あの女は悪魔です。カイトを捨てて逃げただけでは飽きたらず、息子の命と私の希望を同時に奪ったのです。私は決して許しません。警察の方々にお願いします。どうか一刻も早くあの女を捕まえてください。それだけが心残りです。

最後に、私の遺骨の一部は、登戸第四小学校という廃校にまいてください。どうかお願いします』

遺書を読み終えた嵩典は、もう一度松本の遺体を見上げた。

「松本さん」

と彼は悲痛な声を洩らした。

松本は、カイトの誕生日に自殺しようといつから決めていたのだろうか。

会社を辞める際、迷惑をかけるわけにはいかない、と言った。迷惑とはこの自殺のことだったのだ。だとすると最近決心したのだろうか。彼は無断欠勤している間、カイトとの想い出の場所を訪れたと言っていた。そこで、辛い人生との決別を決めたのかもしれない。

遺書にあるとおり、松本の唯一の生き甲斐はカイトだった。植物状態となり、目も開かない口も利けない息子を心底愛していたし、カイトが息をしているだけで生きる気力が湧いていたのだろう。しかし別れた妻によって息子の命は奪われた。その時の松本の悲しみは計り知れない。会社では普通を装っていたが、自殺を決意するほどである、相当苦しんでいたのであろう。

嵩典は宙に浮く男を哀れんだ。悲惨な事故、そして残酷な事件がなければ、松本の人生はもっと違ったものになっていたはずだ……。

それにしても厄介なことになったな、と嵩典は思った。この場にどう対処するべきだろうか。面倒なことはできるだけ避けたい。しかしさすがにこのままにしておくわけにはいかないだろう。

遺書をイスの上に置いた嵩典は部屋を出て、キッチンの傍に置いてある受話器を取った。彼は一一九番をプッシュし、名前は告げず、マンション名と号室を伝えて一方的に電話を切った。名前を伏せたのと、内容が内容だったので心臓が暴れた。

電話の相手は不審に思うだろうが、これで救急車は来るはずだ。松本の遺体もこれ以上苦しまなくてすむ。

嵩典は最後にもう一度松本の遺体を見た。不思議と今は冷静だった。

まさか自分を面接した人間とここまで深く関《かか》わるとは考えもしなかった。始まりは一本のゲームソフトである。

そのゲームソフトには、父親と息子のたくさんの愛と想いが詰まっていると知った。しかし父と子の幸せは長くは続かなかった。息子が植物状態となってしまってからは悲劇の連続だった。そして今日、また悲惨な出来事が起きた。『魔界の塔』を制作した父親までもがこの世からいなくなった。

だからといって全てが終わったわけではない。一連の事件と『魔界の塔』が本当に繋がっているのだとしたら、出口はどこにあるのだろうか。現段階では松本の言葉を信じるしかなさそうだ。

嵩典は松本に別れを告げた。そして誰にも気づかれぬようにマンションを出た。

22

総武線で新宿駅に着いた嵩典は小田急線に乗り替えた。窓際に立ち、流れる景色を眺めていた。

それにしても後味の悪い結果となった。松本は一体何を隠していたのか。それを確かめることすらできなくなってしまった。もう少し早く駆けつけていれば、と嵩典は後悔した。

今頃松本のマンションは大騒ぎになっているだろうか。一一九番通報した人物が不明なので、警察は混乱しているかもしれない、と他人事《ひとごと》のように思った。面倒を避けようと部屋を抜け出してきたが、もし警察が自分の元にやってきたら、その時は正直に全てを話そう。やましいことは一切ないので問題はない。そんなことよりも、今は一刻も早く帰宅して『魔界の塔』に挑まなければならない。

しかし、車内に「次は登戸」とアナウンスが流れた瞬間、嵩典はふと松本の言葉と遺書の内容を思い出した。確か、松本が昔、家族で住んでいたのは登戸で、その近くに例の廃校があると言っていたはずだ。遺骨の一部をまいてくれと書いてあったくらいだから、よほど想い出深い場所なのだろう。

嵩典は、途中にあるなら行ってみようか、という気になった。廃校を訪れるだけならそれほど時間は要さない。焦らなくとも今日中には『魔界の塔』をプレイできる。

詳細な場所は分からないが、廃校名は憶えているので交番で尋ねれば容易だろう。

そう決心すると登戸で降り、駅前の交番で廃校の場所を聞いた。自殺現場から抜け出してきたばかりなので、思わず緊張が走る。

警官は親切にも簡単な地図と住所を書いてくれた。バスを使わなければならないので、忘れないようにと書いてくれたのだろう。

登戸の町は、バスで十分も揺られると辺りはひっそりとした住宅街となった。さらにそこから二つの停留所を過ぎると、バスは急な坂をゆっくりと下りた。すると今度は平屋や畑が目立つようになり、神奈川県とは思えないほど鄙《ひな》びた景色となった。

間もなく車内にアナウンスが流れた。嵩典が目指していた停留所である。彼はボタンを押しバスから下りた。そして簡単な地図を見ながら歩を進めた。

停留所から十分ほど歩いた嵩典の目に、『松風園』という白い建物が見えた。その建物が何なのかは知らないが、嵩典は安心した。地図には『松風園』の先が廃校とある。一向に目的地に着かないので少々不安になっていたのだ。

嵩典の瞳に校舎のてっぺんが映った。ひとりでに歩調が速まっていた。

入り口の門は元々厳重に閉められていたようだが、人一人通れるスペースが強引にこじ開けられている。その先には今時珍しい木造の校舎がポツリと建っていた。今は全く人気《ひとけ》がないが、廃校とはいえ若者のたまり場になっているようで、あちこちにゴミが散乱している。校舎の窓が所々割れているのは人為的なものだろうか。ペンキの落書きは明らかに悪戯《いたずら》である。

嵩典はグラウンドをぐるりと見渡した。隅のほうには松本が言っていた鉄棒やタイヤの跳び箱やジャングルジムといった遊具がある。あそこで松本の家族は楽しい一時を過ごしたんだなと思うと、その光景が浮かび上がりスッと消えた。

嵩典は校舎に歩み寄った。三階建ての小さな校舎である。いつまでも建物を残しておくのはなぜだろうか。取り壊して敷地をもっと有意義に使えばいいのにと思う。人気のあまりない場所だからなかなか予定が立たないのかもしれない。

嵩典は、ダラリと開いている扉を足で押して中に入った。夕闇が迫ってきているので校舎内は不気味に思えるが、中がどうなっているのか、興味が湧いたのだ。

校舎内には埃が充満していて咳《せき》が止まらなかった。嵩典は鼻と口を押さえ、ゆっくりとした足取りで廊下を進んでいく。嵩典が入ったのはどうやら職員玄関らしい。すぐ先に古びた下駄箱が見えた。嵩典は下駄箱に懐かしさを憶えた。中に上履きが入っていたので、それに履き替えて教室に向かった。

小学校時代には毎回、先の赤い上履きを母親に買ってもらっていた。戦隊系ドラマの主役の服の色がいつも赤だったからである。

ふふ、と笑って歩みを再開させる。

すぐ先にある教室の中を見てみようと思ったのだが、足が突然ビクリと止まった。

今、上階から音がしなかっただろうか。電子音のような不思議な音だった。

嵩典は息を止めて耳を澄ませた。

やはりそうだ。上のほうから音が聞こえる。

誰か、いるのか？　心拍数が急激に上がった。

躊躇ったが、恐る恐る階段を上った。

二階に着いた嵩典はもう一度音に集中した。先ほどよりもはっきりと聞こえるが、二階ではない。どうやら音の出所は三階らしい。

嵩典は行くべきかどうか迷ったが、誘惑には勝てなかった。とうとう最上階に向かった。

三階に着いた瞬間から妙に息苦しくなり、若干空気が冷たくなった。そのくせ肌触りはじめっとしている。

誰かいる、と嵩典は直感した。だが人の気配は感じない。目には見えない何かがこの階を支配しているようだった。

引き返そう。嵩典はもう一人の自分を促した。が、奥に進みたい衝動に抗《あらが》えなかった。電子音のような奇妙な音は、一番奥の部屋から聞こえてくるのだ。

嵩典は慎重に進んでいく。時折振り返りながら音のする部屋を目指した。

霊気のようなそれは段々と強く、濃くなっていく。近づいてくる者を押し返しているようだった。嵩典はその力に抵抗した。そしていよいよ音の聞こえる部屋を覗いた。

その瞬間、彼は血の気が引いた。机もイスも何もない教室の中央に、ポータブルゲームを両手に持つおかっぱ頭の子供がポツンと座っていたのだ。錯覚ではない。はっきりと見えるのである。

全身が青白く、身体が異常に細い。栄養失調のようであった。

子供がふとこちらを見た。嵩典は心臓をぐっとつかまれた。顔は幼いが目は鋭く冷たかった。

霊などは絶対に信じない嵩典だが、この子供はカイトだ、と確信した。顔は知らないが、そう言いきれた。カイトも想い出の場所にやってきたというのか。

鋭い目つきでこちらを見据えているカイトが口を動かしながら急に立ち上がってきた。その迫力に思わず目を瞑《つむ》った。

ハッとして目を開けた時にはもうカイトの姿はなかった。やはり幻覚だったのだろうか。周りに目を配りながら教室に足を踏み入れた。するとある物が目に留まった。黒板の下に花束や玩具《おもちゃ》、そしてポータブルゲームが置かれている。これは幻覚ではない。人間が置いていったという瞭然《りょうぜん》たる事実だった。

嵩典はその中からポータブルゲームを手に取った。先ほどの子供が持っていた物と同じ種類だ。そうか、カイトはここでゲームをしていたのだ、と嵩典は理解した。あの音はゲームの音だったのだ。

ポータブルゲームをそっと元の位置に戻して嵩典は立ち上がった。その刹那、今度は背後に異なった空気を感じた。振り返ろうとした時、すぐ横の窓ガラスで視線が止まった。

カイトがこちらに近づいてくるのだ。嵩典は後ろを見ず、その様子を窓ガラス越しに見守った。

不思議と恐れはなかった。カイトの表情は先ほどとは違って穏やかに見えた。もしかしたら、ゲームを邪魔する者ではないと判断したのかもしれない。もちろん、廃校をたまり場にしている若者たちのように教室を荒らすつもりはなかった。

カイトはスーッと足下に寄ってきた。するとヒンヤリとした空気が伝わった。

カイトは嵩典を見上げた。

「お父さんが、死んだよ」

窓ガラスに目を向けたまま、カイトに向かって言った。しかし、その言葉は聞こえていないようだった。

「なあ」

と嵩典はもう一度呼びかけた。

「教えてくれよ。『魔界の塔』には、本当に……」

と下を向くとカイトはいなかった。またも消えてしまったのだ。嵩典はしばらくその場でカイトが現れるのを待ったが、出てきてはくれなかった。

嵩典は教室の真ん中で立ち尽くしていた。

不思議な体験だったな、と思う。夢のようだったが現実である。

嵩典の目には、こちらを見上げるカイトの姿の残像が残っていた。寄ってきた時、彼は何かを訴えていたのではないだろうか。

考えに耽《ふけ》っていた嵩典は、弾《はじ》かれたように顔を上げて廊下に目をやった。今度は階段を駆け下りる音が聞こえてきたのだ。嵩典にはその慌ただしい足音が何を意味しているのか判断できなかった。逃げているようでもあるし、何かに興味が湧いて階下に向かったようでもある。

どこへ行くのだろうと、思わず教室を出て足音のするほうに向かった。

23

一階まで下りたがカイトの姿は見えなかった。足音も聞こえなくなっていた。一体どこに向かったのだろうか。判然としないまま校舎を出ると、空は夕日で紅くなっていた。

嵩典は改めて校舎を振り返った。

カイトはどんな想いで廃校を彷徨《さまよ》っているのだろう。懐かしさか、いや、寂しさのほうが強いかもしれない。それとも別の想いがあるのだろうか。

それよりも今知りたいのは、『魔界の塔』の謎である。カイトの姿を目にした時、何か伝わってくるものがあるのではないかと期待したが、感じるものは何一つとしてなかった。

溜息をつき、

「どうしたものか」

と呟いたその時だった。

嵩典は、足音が近づいてきているのを知った。咄嗟《とっさ》にグラウンドを振り返る。

一人の女性が花を持ってこちらにやってくる。女性はまだ嵩典には気づいていない。年齢は四十代半ばくらいで、小柄で華奢な身体つきである。髪は少し乱れ気味で、顔はやつれて見えた。

彼女の手にある花束が、カイトのいた教室に置かれてあった供養花や玩具に重なる。

その瞬間身体が硬直し、心臓が暴れだした。まさか、と嵩典は生唾を呑んだ。

やがて女の足が止まった。目が合うと嵩典の金縛りは解けた。彼は女に歩み寄り、挨拶もせずいきなり尋ねた。

「もしかして、松本伸一さんをご存じですか?」

突然の質問に女はギョッと目を剝き、嵩典を凝視した。その反応が答えだった。彼の直感は当たったのだ。しかしこんな場所で彼女に会うとは思わなかった。全くの偶然であるが、松本が引き合わせたようにも感じた。

「あ、あなたは?」

と女は掠れた声で聞いた。

「僕は、松本さんと同じゲーム会社に勤める小巻といいます。ある事情で松本さんの過去を知ることになり、ここに来ました」

冷静に説明すると女は更に動揺した。無論、女は殺人の容疑者だからである。目の前にいる男が殺人事件のことも知っていると察知したのだろう。

「松本さんの、別れた奥さんですね?」

嵩典は念のために聞いた。女は顔を伏せ、観念したように、

「はい」

とか細い声で答えた。

意外だったのは、その顔つきだ。女は、植物状態となった息子を殺すような人間である。嵩典の中では、濁った瞳の、目元のつり上がった性格のキツそうな女をイメージしていたのだが、全くの逆だった。今は余裕を失っているが、優しそうな目をしており、性格も穏やかそうである。

「松本さんは今日、自殺しましたよ」

その瞳に向かって語気を強くして言った。女は弾かれたように顔を上げた。信じられないというように口をポカンと開けている。

「遺書には、カイトくんを失い、生きる気力をなくしたと書いてありました」

責任を感じているのか、女は俯いた。

「あなたが憎いともね」

嵩典は思わず責める口調になった。女を見ていたら怒りが沸々とこみ上げてきたのだ。

「あなたはひどい人間だ。抵抗できない子供を殺して、逃亡した。自分の子供を殺すなんて」

女は何も言い返さず、やはり俯いたままだった。

「俺には関係ないかもしれないが、あんたは自首するべきだ」

彼女に対する喋り方が乱暴になっているのを嵩典は自覚していた。

「一番理解できないのは、どうして自分の子供を殺したかってことだよ。カイトくんが何か悪いことでもしたのかよ」

女はまだ黙っている。その態度が許せなかった。

「何か言ってみろよ」

怒声をぶつけた。少々興奮しすぎている、と彼は自分を制した。

「一体、何があったんだよ」

声を抑えて聞いた。女は追い詰められたのか、首を横に振った。

「私は、カイトを殺してなんかいない」

この期《ご》に及んでまだシラを切るつもりかと、怒りが再燃する。

「私には、カイトを殺す理由がない」

「何言ってやがる」

と彼は吐き捨てるように言った。

「私が、カイトを殺せるはずがない」

「何だと？」

あくまで殺人を否定する女に、つかみかかりそうになった。

「カイトは、私がお腹を痛めて産んだ子供なんです」

と女は訴えてきた。嵩典は鼻を鳴らした。

「そうかい。じゃあ教えてくれよ。一体誰がカイトくんを殺したっていうんだ？　ええ？」

声を荒らげて詰め寄ると彼女は、

「カイトを殺したのは、松本です」

とはっきりと言った。嵩典は呆れた。

「いい加減にしろよ。警察はあんたを追ってるじゃないか。それでもまだ」

「松本は！」

彼女は嵩典の言葉を遮って言った。

「カイトの本当の父親ではありません」

その瞬間、嵩典の表情が一変した。

「え！」

固まっている嵩典に、彼女はもう一度言った。

「カイトは、私の連れ子なんです。調べてもらえば分かります」

松本はカイトの血の繋がった父親ではない？

「まさか！」

だが彼女の表情から、嘘を言っているとは思えない。

松本はそんな事実は一度も口にしていなかったではないか。今まで、カイトが松本の実の子供ではないなんて考えもしなかった。なぜ松本はそれを隠したのだろう。

彼女は続けた。

「カイトの本当の父親は、カイトが生まれた直後に事故で亡くなりました。松本とは、カイトが二歳になる前に知り合って結婚したんです。松本は子供が大好きな人で、最初のうちはカイトを可愛がってくれたんです」

「最初のうち？」

「結婚して三年ほど経った頃から、松本は急に私に暴力を振るうようになりました」

「松本さんが？」

嵩典は声を上げた。

信じられない。あの松本が女性に暴力を振るうなんて。しかし、よく考えてみれば思い当たる節がなくもない。普段は紳士的である彼が時折見せた変貌は、嵩典の目にも怖《おそ》ろしく、そして異常に映った。

「しかしなぜ」

「暴力の始まりは、私が松本の子供を妊娠しなかったからです。こんなことを言うのもなんですが、子供ができなかった原因はあの人にあったんです」

「松本さんは、カイトくんの他に子供が欲しかったってことですか」

「それはそうでしょう。カイトを可愛がっていたとはいえ、実の子供じゃない。松本は自分と血の繋がった子供が欲しかったのです。でもできないと分かると、松本は豹変しました。私に毎日のように暴力を振るい、カイトにも冷たくなっていきました」

松本と彼女の話はまるきり違うではないか。この相違の裏には何が潜んでいるのだ。

「私は松本の暴力に日々苦しみました。血を見るのは当たり前。骨折したこともあるほどです。病院に行けば診察記録も残っているはずです。私はとうとう耐えられなくなり、家を飛び出したんです。

それから間もなくでした。今の夫と知り合ったんです。優しくて、経済力もある。私はその人と一緒になろうと決めたんです。もっとも、今の夫、といってもその人は離れていくことになるでしょう。私は世間的には警察に追われている立場ですから」

ここでも松本と彼女の言い分は食い違っている。松本は彼女が男を作ってカイトを捨てて出ていったと言った。だが彼女が家を出た原因は松本の暴力だった。

「でも、どうしてカイトくんを置いて出ていったんですか」

胸をえぐられたように、彼女はギュッと目を閉じた。

「後悔しています。言い訳になってしまいますが、当時の私は心身共にボロボロで、カイトを育てていく経済力と、何より心の余裕がなかったんです」

「それは仕方ないとしても、今の旦那さんと再婚した後は、カイトくんを迎えに行けたでしょう」

「ええ。でもその時はもう遅かったんです」

「遅かった?」

彼女は頷いた。

「松本は家を売り払っていたのです。私と会うのがそれほど嫌だったのかもしれません。仕方なく、私は松本の勤める会社を訪ね、松本に会いました。そして、カイトを引き取りたいとお願いしたんです。でも彼はそれを拒否しました。カイトはお前を憎んでいる。会いたくないと言っている。お前にはカイトを育てる資格はないと」

なぜ松本は別れた妻にそう言ったのか。彼女の言葉を信じれば、松本はカイトに愛情をもっていなかったという。実の子ならともかく、カイトは血の繋がっていない子供なのだ。素直に返せばよかったのに、それをしなかった。

「だったら法的に訴えるなりすればよかったじゃないですか」

「勿論そのつもりでした。でもその直後でした。カイトが事故で植物状態になってしまったと松本から連絡があったのです」

彼女は魂まで抜けてしまうかのような大きな溜息をついた。

「それを聞いて、私は頭の中が真っ白になり、どうにかなってしまいそうでした。私は病院がどこかを聞きました。でも松本は教えてはくれませんでした」

ここでも互いの言い分に相違がある。松本は彼女に連絡したが、カイトには一度も会いに来なかったと言った。しかし彼女の話では全く逆である。

「なぜですか？」

「カイトが事故に遭ったのはお前のせいだ。お前はもうカイトの母親なんかじゃない。会いに来る資格はないと言われたのです」

聞けば聞くほど謎は深まっていく。彼女の話も作り話とは思えないのだ。

「その時に私は、松本の言うとおりだと思いました。子供を置いて出ていった私には母親の資格などないと」

彼女は言ってから、違う、というように首を振った。

「それは言い訳です。本当は、今の夫の顔が頭に浮かんだのです。植物状態になった子供を引き取ると言ったら彼はどう思うだろう。きっと私の元から離れていってしまうに違いないと、恐くなったのです。だから」

彼女は目を潤ませた。

「だから私は、カイトを捨てたのです。私は、自分の幸せを選んだのです」

彼女の頬を一筋の涙が伝った。

「私は、最低な女です」

「ちょっと待ってくださいよ」

彼女の眉がピクリと反応する。

「では、なぜあなたがカイトくんを殺したことになっているんですか」

彼女は考えることなく答えた。

「事故から一年半ほどが経ったある日、松本から突然連絡があったんです」

ここからが本題だ。いよいよ事件の核心に近づいたと思い、嵩典は息を呑んだ。

「松本さんは、何と？」

「カイトの容態がおかしい。すぐに来るんだと、その時初めて病院名と号室を知らされたのです」

「行ったんですね?」

「はい」

嵩典は松本が最後に残した謎に迫った。

「あなたは松本さんから連絡を受けた時、どこで何をしていたんですか」

彼女は間を置かずに答えた。

「その日は日曜日で夫はゴルフに行ったものですから、私は買い物でもしようと新宿に向かっていました」

嵩典はいろいろなことが繋がって納得した。

恐らく、松本が彼女の姿を見たのは病院だった。

松本はカイトの入院費などで苦労していた。カイトに対して愛情がなかったにせよ、植物状態となった子供を抱えていた松本の心は疲れきっていた。そんな状態で別れた妻の姿を見た。その時の彼女の格好が、金に自由のきかない松本の目からすると気に入らなかった。だから、

『なのにあの女、着飾ってきやがった』

と言ったのではないか?

勿論、彼女の話が全て事実だとした上での推量にすぎないが、嵩典の心に松本への疑いが生じてきたのは間違いない。なぜなら松本は確かに、「自分が病院に駆けつけた時にはもう手遅れだった」と言った。しかし、彼女の話だと松本はすでに病院にいたことになるではないか。仮に、カイトの容態がおかしい、というのが嘘で、病院とは全く関係のない場所から連絡していたとしても、松本が彼女を呼び出したのは事実だ。

「私は急いでカイトが入院する病院へ行きました。一年半ぶりにカイトに会った私は複雑な思いでした。再会することはできましたが、子供は植物状態なのです。私は自分を責めました。そして、カイトを捨ててしまったことを心から詫びました」

彼女はまた目を潤ませたが、その瞳が鋭く光った。

「そして、カイトに語りかけようとしたときです。ある異常に気づきました」

「異常？」

「心電図の波に反応がないのと、カイトに繋がれていた呼吸装置の管が外されていたのです。そして」

「そして？」

「私を呼んだはずの松本が病室にいないのです。一向に現れないのです。それに、容態がおかしいというわりには医者も看護師もいない。その瞬間私は悟りました。カイトの呼吸装置を外したのは松本だと」

嵩典の知る展開とは全く逆であった。

「それで、あなたはどうしたんですか？」

前妻は一拍置いて答えた。

「私は、病室を出ました。その直後に後ろから看護師さんに声をかけられたのです。私は迷いましたが、その場から逃げたのです」

嵩典は理解できないというように首を振った。

「どうして」

「松本がカイトを死なせたのは明らかです。でも彼をそうさせてしまったのはこの私です。松本は植物状態になったカイトの面倒を見ることに疲れ果てて管を外してしまったのでしょう。私を呼んだのはきっと、お前のせいだ、と訴えたかったんです。松本もある意味被害者なのです。私がカイトを捨てなければ、二人の人生は狂わずに済んだ。私には天罰が下ったのです。そう思った私は、彼の犯した罪を被ることにしたのです」

嵩典だけではない、誰が聞いても別れた妻の考えと行動は納得できないだろう。しかし更に理解できないのは松本の取った行動である。本当に彼女に責任を押しつけようとして呼んだのだろうか？

それは違う気がする。結果的には別れた妻が罪を背負う決意をしたから松本は罪を免れることができたが、彼は予言者ではないのだ。別れた妻が病室に入ってどんな行動をとるかなど読めるわけがないではないか。仮に、彼女に罪を背負わせるつもりで病院に呼んだのだとしたらあまりに安易すぎる。むしろ危険だ。着信履歴だって残るのだし、自分の犯行を露呈することになってしまう。

松本は最初からそんなつもりで別れた妻を呼んだのではない。別の理由があるはずだ。

彼は自分のやってしまったことを別れた妻だけに話そうと思ったのだろうか。だったらなぜ松本は姿を隠したままだったのか。いざとなったら恐くて出ていけなかったのか。それとも最後くらいはカイトに会わせてやろうとしたのか。

何かが違う気がする。

松本は別れた妻に憎悪を抱いていた。母親の資格などない、会わせるつもりはないと言っていたではないか。

「あなたは非常に運が悪かった。タイミング悪く病室から出てくるところを看護師に見られた。一方、松本さんに関する目撃証言はなかった。あなたも真実を告げることなくその場から去った。だからあの人に容疑がかからなかった。そういうわけですか」

松本にしてみれば運がよかった、と言うべきか。病院から連絡を受けた松本は慌てた演技で病院に駆けつけた。警察の事情聴取も巧《うま》くこなした。そして別れた妻が事実を隠してくれているのを利用して、今日まで被害者役を演じていた、とそんなところだろうか……。

だがここでも疑念が残る。なぜ誰も松本を目撃していないのだろう。病院の規模にもよるだろうが、松本の顔を知った医者や看護師は大勢いるはずだ。

「私は家に戻り、ありったけのお金を持って地方に逃げました。罪を被ると決めていたものの、捕まるのは恐かったのです。そして最近になってこの廃校を訪れるようになりました。いつまでも逃げられるはずもないので、悔いを残さないようこの場所に戻ってきたのです。ここにはカイトとの想い出がたくさんあります。ここに来ると、カイトと一緒にいるような気分になるんです」

教室で見たカイトの霊が脳裏を過ぎったが、それどころではなかった。頭の中を整理するので忙しかった。

現段階で一ついえるのは、物的証拠はないが別れた妻のほうが真実を語っているように思えるということだ。松本のしてくれた話には矛盾点がいくつかあるのだ。

「あの、そういえば名前を聞いていませんでしたね」

最初は別れた妻に怒りを抱いていたのと、その直後に事件の真相を知ったので、名前を聞くことすら忘れていたのだ。

「小松《こまつ》しのぶです」

と彼女は答えた。

「小松さん、僕に今話したこと、本当なんですね？」

小松しのぶは大きく頷いた。

「勿論です。カイトのことで嘘はつけません」

嵩典は小松しのぶの目の中を覗いた。どうしても嘘を言っているとは思えない。

「これからどうするつもりですか。あなたの言うように、いつまでも逃げられませんよ」

小松しのぶは黙っている。

「本当のことを話したらどうですか。松本さんはもうこの世にいない。遠慮することはないでしょう」

小松しのぶは下を向いた。

「でも」

「でも何です？」

「警察に行くのが恐いんです。今更真実を言って信じてもらえるかどうか」

「それは心配しなくていいでしょう。無実なら、堂々と話せばいいんです」

考えるような眼差しとなった小松しのぶは、なぜか校舎のほうに歩きだした。

「あ、ちょっと」

と呼びかけても小松しのぶは返事もせずに歩いていく。嵩典は小松しのぶの行動に首を傾げ後ろをついていった。

彼女が向かったのは、カイトがいた三階の教室だった。彼女の行動の意味を理解した嵩典は黙って見守った。

小松しのぶは手に持っていた花を黒板の下にそっと置き両手を合わせた。

彼女は今、カイトにどんな言葉を贈っているのだろうか。また、カイトはどのような想いで母を見つめているのだろう。

立ち上がった小松しのぶは振り返ると、凜々《りり》しい表情で言った。

「あなたの言うように、勇気を出して事実を話そうと思います。今のままじゃ、カイトだって悲しむと思いますし」

彼女は今カイトに改めて詫び、真実を話す決意を伝えたのだ。

「それがいいです」

嵩典は優しく言った。

24

校舎から出ると外はすっかり暗くなっていた。どこにも明かりがないので、近くにいても相手の表情はほとんど分からない。

小松しのぶは、嵩典に深々と頭を下げた。

「今日はありがとうございました。明日にでも、警察に行こうと思います」

「そうですね」

「小巻さん、お元気で」

小松しのぶが背を向けた時、まだ聞かなければいけないことが残っていることに気がついた。

「ちょっと待ってください」

小松しのぶが足を止める。

「何でしょう?」

嵩典は一歩近づいて聞いた。

「『魔界の塔』は知っていますよね?」

「ええ、勿論」

「さっきあなたは、松本さんはカイトくんに対して愛情をもっていなかったと言っていましたが」

「はい」

「ではなぜ、松本さんはカイトくんを主人公にしたゲームを創ったのでしょうか？」

小松しのぶは考える素振りも見せなかった。

「まだその頃は多少の愛情があったのでしょう。でもね小巻さん、勘違いしないでください」

「勘違い？」

「松本に何を言われたか知りませんが、あの人が自らカイトを主人公にしたゲームを考案し創ったのではありませんよ。私が松本に頼んだのです」

それも予測していなかった答えであった。

嵩典は頭の中で叫んだ。松本の言っていたことは何もかもが嘘ではないか。

「で、では小松さんは、『魔界の塔』に裏技というのがあるのは知っていますか？」

当たり前ではないか、というように小松しのぶは頷いた。

「勿論です。それを使うと主人公が絶対に負けないようになるんですよね。それも私が頼みました。カイトの口癖が、僕は誰にも負けない最強ヒーローなんだ、というものでしたから、そうなるように頼んだんですよ。でもさすがにそれは松本も悩んでいたようですが、確か……」

小松しのぶはその先の言葉がなかなか出ないようだった。

「不正プログラムですか」

「そうです。それで対処すると松本は言ってました」

それを任されたのが野々村である。

嵩典は、驚きを通り越して脱力し呆れた。『魔界の塔』の制作秘話まで作り話だった。しかも『裏技』のエピソードは小松しのぶの提案したものだった。

松本にとっては、『魔界の塔』はどうでもいいゲームソフトだったのではないか。そう考えるとカイトが哀れに思えた。

そこでようやく、松本の部屋に入った時に抱いた違和感の正体をつかんだ。

彼はカイトを愛していたと、ことあるごとに言っていたが、そのわりにはどこにもカイトの写真や、カイトにまつわる想い出の品が飾られていなかったのだ。

もしかしたらカイトの部屋もプレートがかかっているだけで、中は空っぽだったかもしれない。

「小巻さん？　どうかしました？」

顔を覗かれ、やっと小松しのぶの声に気づいた。

「いえ、何でもありません」

「そうですか。じゃあこれで」

小松しのぶは改めて挨拶して廃校を去っていった。そこに一瞬、小松しのぶとカイトが手を繋いで帰っていく姿を見た。

嵩典は彼女の姿が見えなくなってもしばらくその場から動けなかった。出るのは溜息ばかりだ。今初めて、『魔界の塔』にまつわる裏の裏の事実を知った思いだった。松本の言っていたことは、どこまでが本当なのだろうか？　頭の中は彼に対する疑問で溢れ返っている。しかし松本は死んでしまった。もはや、何も確かめられないのが非常に残念でならない。

嵩典も小松しのぶに遅れて廃校を後にした。激動の一日だった。しかし嵩典にはまだやるべきことが残っている。『魔界の塔』だ。

25

自宅に着くと、早速テレビの前に座りコントローラーを手に取った。テレビもゲームもつけっぱなしだった。

例のパスワードを入れてゲームを再開した。緊張の面もちで魔王ザンギエスの元に進んでいく。

今回だけは絶対の自信があるとはいえ、鼓動が速くなる。

塔の五階に上がり、魔王ザンギエスの前に立った嵩典は躊躇した。またしても国分や新垣、そして野々村の姿が頭の中を掠めた。嵩典はそれをかき消した。すると今度は松本、小松しのぶ、最後にカイトの顔が浮かんできた。

このゲームには隠された事実があった。松本は『魔界の塔』に愛着などもっていなかったのだ。嵩典は憤った。騙されたからではない。カイトの気持ちを踏みにじったからである。普段他人に全く関心はもたないほうだが、今回ばかりはカイトに感情移入していた。カイトは何とも哀れな子供だった。実の母に捨てられ、愛してくれない義理の父と過ごした。不幸はそれだけで終わらなかった。一生意識が戻らない事故に遭い、挙げ句の果ては義理の父親に殺されてしまったのだ。

一体、カイトの人生とは何だったのだろう。事故のせいで未来をなくし、義理の父親に命を奪われた。そう思うと心が痛んだ。

コントローラーを握る手に力がこもった。

意を決して、最終ボスである魔王ザンギエスに勝負を挑んだ。

嵩典は『攻撃』を選択する。今までと同じように序盤はザンギエスに攻撃を与えることはできている。

問題は終盤である。ザンギエスが点滅を始めると、どんな策を駆使しても攻撃をかわされ、こちらがダメージを食らう。その繰り返しで『カイト』はやられる。

しかしこれまでと違うのは、『カイト』の体力が無限であることだ。いくら攻撃を受けても『カイト』は決して死なない。少なくとも負けることはない！

ザンギエスに対し、立て続けに攻撃を与えた。武器が『伝説の剣』だけあって攻撃力は今までとは格段に違う。それでも、終盤に近づくにつれて緊張感は増していく。

いよいよその時は来た。ザンギエスが点滅を始めたのだ。あと一歩でボスは倒せる。しかしここで変調が起こるのだ。

嵩典は一旦コントローラーを離し深呼吸した。初めてプレイした時と違い、たかがゲームとは思えないようになっていた。

本物のカイトが、この中で戦っているような気がした。

「頼むぞ」

そう声に出すと、ボタンを強く押した。

目を瞑りたい思いだったが嵩典は瞬《まばた》き一つせず画面をしっかりと見た。『カイト』が剣を振りかざした！

思わず目を見開き身を乗り出していた。『カイト』が攻撃を与えたのである。勢いに乗り、嵩典はもう一度『攻撃』を選択した。それがザンギエスに致命傷を与えた。

激しく点滅するザンギエスは、呻《うめ》き声を上げて画面から消えていった。

ついに、最終戦に勝ったのである。しかし実感が湧かず、嵩典は画面を凝視したままだった。ただ心臓は興奮していた。

勝った、勝ったぞ。ようやく我に返ると心の中で叫び、拳を握った。その拳が少し震えていた。気持ちが高ぶっているせいか、エンディング画面はよく見ていなかった。主人公『カイト』が勇者の剣と姫を救い出したのは何となく頭に入っている。

エンドロールが流れても嵩典はコントローラーを持ったままだった。頭の中では最終戦の攻防が繰り返されていた。

拍子抜けするほど簡単にザンギエスを倒してしまった。やはり『裏技』の効果だろうか。

エンドロールも終了し、オープニング画面に戻っても嵩典はテレビの前に座ったままだった。

彼の脳裏には、これまでの出来事が次々と駆けめぐっていた。この一本のゲームソフトに始まり、殺人や自殺などがあったわりには何とも呆気《あっけ》ない幕切れだった。

画面をぼんやりと見つめたまま、気づくと三十分以上が経っていた。

とにかく、と嵩典は松本の最期の言葉を信じて国分の携帯に連絡してみた。出るのは妹の奈美子だろう。彼女に、国分に変化があったかどうかを聞くのだ。

奈美子はすぐに電話に出た。

「もしもし、奈美子ちゃん」

「小巻さん、どうしました？　夜遅くに」

嵩典はやや間を置いてから、緊張混じりに聞いた。

「国分の様子に、変化はないか？」

奈美子は残念そうな声で言った。

「ええ、相変わらずです」

「病院から連絡もない？」

しかし期待した答えは返ってこなかった。

「ありませんけど」

「そうか」

と嵩典は溜息混じりに言った。

「どうしました？」

「いや、いいんだ。じゃあ」

嵩典は一方的に電話を切り、悄然《しょうぜん》と肩を落とした。

これだけ時間が経っても病院から連絡がないのだ。『魔界の塔』をクリアしても国分たちの問題は解決しなかったということか。

しばらく自問自答が続いたが、彼は結局この壁にぶちあたった。

俺はこれからどうすればいい。

これで完全に行き場を失った。

嵩典はふらりと立ち上がり外に出た。タバコを切らしたのだ。

多くの経験を経た後に、振り出しに戻された気分だった。当初の考えどおり、国分たちと『魔界の塔』は関係なかったのだ。

彼はそう結論づけた。

しかしそれから間もなくのことだった。

奈美子から連絡があったのだ。嵩典は期待と不安を抱きながら電話に出た。

彼女は慌てた様子で言った。

病院から今連絡がありました。兄が目を覚ましたそうです。

朗報にもかかわらず、その言葉を聞いた瞬間、嵩典は背筋が凍った。

26

『魔界の塔』にはカイトの怨念や呪いなどは存在しなかった、というのが嵩典の見解である。本当に呪われていたなら『裏技』など通用するはずがない。となると、国分たちの身に起きた一連の事件とも繋がってはいないということになる。その点についても自分の考えに間違いはないと思っている。

しかし、嵩典が『魔界の塔』を攻略して間もなく、国分、新垣、野々村の三人の意識が戻ったのは事実だ。それが不思議で奇妙である。そう考えるとやはり、『魔界の塔』が関係していたのかな、と悩まされる。心の中では、そんな超常現象はあり得ない、と信じたかったが。

しかし何よりも三人が無事でよかった。三人とも、何事もなかったようにけろりと目を覚ましたという。心配していた家族も拍子抜けするほどだったらしい。頭を抱えていた医師たちも、突然の回復に不思議がっているようだ。しかし、一番戸惑っているのは本人たちだった。無理もない。突然昏睡状態となり、突然目覚めたのだから。

何はともあれ一件落着、と嵩典は安堵していた。

だがその翌日、国分の妹から奇妙な話を聞いたのである。医師との会話の中で、彼らは全く同じことを言ったそうだ。

『眠っている間、ずっと幼い子供に見られていた』と。

それを聞いた時、嵩典は悪寒《おかん》がした。カイトの姿が頭に浮かんだのはいうまでもない。

それは誰ですか？　という質問に三人は明確な答えは出せなかったという。子供の顔は見えず、姿形はぼんやりしていたらしい。

医師は今後も三人には、経過をみるため、診察に来るという条件で退院許可を出した。


国分に夕飯を誘われたのは、それから三日後のことだった。いつもと同じファミレスだったが、そこには新垣も来ていた。嵩典が軽く手を上げると、二人は丁寧に頭を下げた。新垣からすると嵩典とは初対面なので当たり前だが、国分が改まるのにはわけがあるらしい。果たして国分は『あのこと』で呼んだのだった。

二人とも長い間眠り続けていたわりには血色がいい。ついこの間まで病人だったとは思えなかった。

すぐ本題に入るのもどうかと思い、自分がゲーム会社に就職したという話題から振ってみる。するとやっと国分が笑みを見せた。

「へえ、小巻さんが就職するなんてねえ。意外ですよ」

しかしその笑顔はどこか硬い。

「まあ俺も、いつまでもチャラチャラしてられねえからな」

と、それには気づかないふりをして冗談混じりに言った。拓治叔父がいなければ、今でもニート生活だったに違いない。

「それより」

嵩典は声の調子を変えた。

「お前らもう大丈夫なのか？」

国分と新垣は顔を見合わせ、

「ええ、全然。眠り続けていたせいか、むしろ身体がスッキリしています」

と国分が答えた。

「病院にはしばらく通うんだろ？」

国分は露骨に嫌な顔をした。

「そうなんですよ。何ともないっていうのに、研究に協力してくれって言われてね。面倒くさいったらないですよ。バックレようかと思ってるんですけどね」

いつもなら同調するが、今回だけは真面目に言った。

「いや一応行っておけ。もしかしたら原因が分かるかもしれねえだろ」

『魔界の塔』との関連を否定しているとはいえ、完全に頭から切り離しているわけでもなかった。

「でさ、お前の妹から聞いたんだけど、眠ってる間、ずっと子供に見られていたっていうのは、本当なのか？」

嵩典はできるだけ普通を装って聞いた。国分と新垣はまた顔を見合わせたが、二人は同時に頷いた。

「はい。話しかけてくることもなく、ただじっとこっちを見てるんですよ。でもそれが誰だか全く分からないんです」

嵩典は新垣に視線を向けた。彼は、自分も同じですというように顎を引いた。

「ずっとか？」

「ええ、ずっとです。でも僕的には、三ヶ月も経ってたっていう実感がないんですよね。だから子供がこっちを見てたっていうのも、そんな長い間って感じじゃなかったんですよ」

嵩典は太い息を吐き出した。カイトしか浮かばない。

「あの小巻さん、実はそのことなんですけどね」

国分が『魔界の塔』に触れようとしているのは容易に分かったが、あえて知らないふりをした。

「なんだ？」

「『魔界の塔』の件ですよ」

「え？　何が？」

「とぼけないでくださいよ」

「だから何だって」

「僕が病院に運ばれた後、小巻さん、僕の家に来て『魔界の塔』を持っていったそうじゃないですか」

嵩典はドリンクを口に含み、

「ああ、あれな」

と国分から目を逸らした。

「ちょっと、ちゃんと聞いてくださいよ」

嵩典はうるさそうな顔をした。

「聞いてるって」

国分は身を乗り出して聞いてきた。

「どうして『魔界の塔』を持っていったんです？」

「あ？」

と嵩典は耳をほじくる。

「やっぱり小巻さんも『魔界の塔』が怪しいと思ったからでしょ？」

嵩典は鼻を鳴らした。

「何言ってやがる。馬鹿か」

「いや嘘だ。絶対にそうですよ。僕の勘が当たってたんですよ。僕も新垣も、『魔界の塔』の最後のボスに負けて昏睡状態になったんですよ。ね？　そうでしょ？　僕たちがその証拠じゃないですか」

しつこく迫ってくる国分の顔を嵩典は押し返した。

「お前な、そんなことあるわけないだろ」

そうは言ったが、背中を汗が伝う。

「じゃあどうして『魔界の塔』を持っていったんですか？」

嵩典は迷わず答えた。

「ちょっと興味が湧いたんだよ」

「最後のボスとの対決までいきましたか？」

国分は勢い込んで聞いてきた。

「ああ。いって倒したよ。簡単だった」

国分が信じられないというように頭を振った。

「そんな」

「だから言ったじゃねえか。単なる偶然なんだって」

「でも」

と納得のいかない様子だ。

「それよりさ」

不満そうな国分は放っておいて、新垣に視線を向けた。

「はい」

「こいつから聞いたけど、『魔界の塔』には変な噂があるんだろ?」

「ええ。最後のボスが絶対に倒せなくなっているという噂です」

「ああ、それだけど」

気を落ち着けるために、タバコに火をつけた。

「どこからそんな噂回ってきたの?」

内心とは裏腹に、談笑といった感じで聞いてみた。

新垣は即座に答えた。

「伯父ですよ」

「伯父?」

「はい、母方の。その伯父が『魔界の塔』を創ったんです」

嵩典の表情と動作が止まった。灰がテーブルに落ちるのにも気づかなかった。

今、何と言った?

待て。制作に関わっただけかもしれない。まだあの男とは決まっていない!

「でも」

新垣の目に翳りが生じた。彼は沈んだ声で言った。

「僕たちの意識が戻った日、亡くなったそうです。自殺だったって」

足が震えるのが分かった。

「名前は」

念のため聞いてみる。声は別人のように震えていた。

「松本、松本伸一といいますけど」

目の前が真っ暗になり、その暗闇の中央に松本の顔が鮮明に浮かんできた。

松本伸一は新垣一弥の伯父だった！　まさかこんな近い存在だったとは。

嵩典は落ち着こうにも落ち着けなかった。彼は声を尖らせて聞いた。

「君は、その人に噂のことを聞かされたんだな？」

「はい。そんな噂があるから、是非試してみてくれ、と言われました」

「それで？」

「試すだけで小遣いをくれるというので、やってみたんです」

先走りそうになる自分を、必死で押し留めた。

重要なのは、いつ松本が新垣に近づいたかだ。野々村が倒れた前か後か。それは後で調べれば分かる。

「君は、『魔界の塔』に『裏技』があるのは知ってるか?」

それまで黙って聞いていた国分が驚いた顔をした。

「え?　裏技なんてあるんですか?」

嵩典は国分をキッと睨みつけた。

「お前は黙ってろ」

叱られた国分はしゅんとしてしまった。新垣は怪訝そうな表情で首を横に振った。

「いえ、知りませんでした」

嵩典は暗澹《あんたん》たる思いで視線を落とす。

「小巻さん」

新垣に声をかけられても嵩典は顔を上げなかった。

「伯父を、ご存じなんですか?」

嵩典は新垣に血走った目を向けた。鬼気迫る表情だったのか、二人が臆するのが分かる。

「知らない。俺は知らない」

そう言って嵩典は立ち上がった。足下がふらついた。

急いでトイレに駆け込み、鏡の前に立つ。

そこには、青ざめた自分の顔があった。思わず鏡を強く叩いた。

これが松本の最後の嘘だった。野々村の詰が出た時、松本は新垣の話など一つもしなかった。

後ろめたい事実があったからだろう。

嵩典の脳裏に、黒い計画を企《たく》む松本の顔が浮かんだ。眩暈《めまい》をおぼえ、その場に屈んだ。

27

後日、警察は小松しのぶの証言を元に捜査を洗い直した。警察は看護師の目撃証言と病室に残された指紋から前妻による犯行だと決めつけており、疑わなかったのである。

事件発生当日、病院に唯一設置されている出入り口のカメラに、帽子を被り、眼鏡をかけ、包帯で腕を吊っている男が、他の患者に紛れて出入りしているのが映っていた。一見普通の患者に見えるが、それこそが松本伸一だったことが判明した。病院関係者が松本を目撃していない、と証言した理由だ。そして別れた妻が病室から逃げた約一時間後、今度はガラリと服装を変えた松本が慌てた様子で病院に駆けつけていた。

カイトが殺される直前、小松しのぶの携帯に松本の携帯から着信があった、という事実については半年もの時間が経っているので、残念ながら電話会社にも履歴は残されていなかった。それでも、殺人事件発生直前に松本が病院に来ているのは事実であり、これに彼女の証言などを加えると、何とか小松しのぶの無実が認められそうである。

その情報は社内を駆けめぐり、すぐに嵩典の耳にも伝わった。そしてそれ以外にも興味深いことが分かってきた。

ここで嵩典は一連の出来事を自分なりにまとめたメモを取り出した。

松本はカイトが植物状態で入院していた約一年半、ほとんど病院には来なかったそうだ。それともう一つ、これはある程度予測していたことだが、松本は野々村の身に不可解な出来事が起こった〝直後に〟、新垣に『魔界の塔』をプレイさせていた。

それだけではない。退院した野々村の話によると、松本は『魔界の塔』の制作にあたり、息子を主人公にしていたわりにはそれほど熱心ではなかったらしい。

小松しのぶの話に、それらの事実を付け加えて想像してみる。

まず事件当日だが、当初の読みどおり、松本は無意識のうちにカイトを殺したのではない。変装をしてくるくらいだ、初めから殺すつもりだったのだ。ではなぜ小松しのぶを病院に呼んだのか?

松本は、別れた妻も一緒に殺すつもりだったのではないか? 携帯の着信が残ることくらい、松本も分かっていたはずだ。それを承知の上であえて来させているのだから、ただ呼んで逃げることはしなかったろう。それとも、別れた妻を犯人にするような計画があったのだろうか？　いや、その線は薄いだろう。何しろ病院という人の多い場所で別れた妻を犯人に仕立て上げるのは容易ではない。

もう一つは、別れた妻にカイトの死を見せたかった、ということも考えられる。それは異常としか言いようがないが、それくらい松本は別れた妻を恨んでいたし、どれほど別れた妻がカイトを愛しているかも知っていたのだ。松本はカイトの死を見せつけて、別れた妻を苦しめ、追い詰めたかったのだとしたら……。

どの想定をとっても、松本が病院内のどこかにいたのは確実である。それは監視カメラが証明している。そうなると松本は、カイトの病室の近くから見はっていたということも考えられる。別れた妻が病室から出て来た時に看護師が現れたのには松本も慌てただろう。殺すつもりだったとしたなら尚更だ。しかし、看護師の呼びかけに答えず、別れた妻が病院から逃げた時は松本も面食らったはずだ。同時に、しめた、と思ったに違いない。

いずれにせよ、この点について真相は永遠に謎のままだ。しかし、嵩典の推論は決して邪推ではないだろう。

謎といえば、松本がカイトを引き取った理由と、一年半は一応面倒を見たという事実だ。

やはり、自分の子供を身ごもらず、自分を捨てた別れた妻に対する復讐《ふくしゅう》では？　と嵩典は読む。つまり彼は、愛情を抱いてないカイトを引き取る苦痛よりも、別れた妻からカイトを奪うという快感を選んだのではないだろうか？　そうだとすれば、小松しのぶはカイトのことで苦しめられていたのだから、松本は目的を遂げたことになる。

では、なぜ松本は一年半が経った時、急に殺人に踏み切ったのだろうか。

最初は別れた妻の精神を追い詰めるためにカイトを引き取ったが、思わぬ事故で想像以上に金はかかるし、精神的にも負担は大きい。カイトの存在が鬱陶しくなり、殺そうと思ったのかもしれない。

『なのにあの女、着飾ってきやがった』

という台詞を繋ぎ合わせると、この推理に当てはまる。勿論これについても真実のほどは分からない。

だが、松本が自殺した理由については嵩典には自信がある。

きっと心のどこかに罪のないカイトを殺した罪悪感があったのだろう。そんな時に野々村から聞いた『魔界の塔』の噂は、松本を震え上がらせたに違いない。

しかしそれが自殺の真の理由ではないはずだ。そんなヤワな男ではない。松本は、いずれ自分の犯行が明らかになるのを知っていた。小松しのぶだっていつまでも黙っているはずがないと考えていた。

もし捕まれば牢獄での苦痛の生活が待っている。五十過ぎての牢獄生活だけは避けたかったのだろう。だから彼は自殺を選択した。いや、カイトを殺した直後に死ぬつもりだったのかもしれない。それが小松しのぶの行動によって先延ばしになっただけだ。

自殺を決意した松本は、ただ死ぬだけでは満足できなかった。彼は最後の最後に、別れた妻を徹底的に陥れようと計画したのだ。たとえ死んだ後に自分の犯行が証明されても、遺書に恨みつらみを書けば、彼女は世間から白い目で見られる。

実際松本の狙いどおり、マスコミは『別れた妻、無実証明されるか』とは書いたが、そこから同情は感じられない。むしろ、小松しのぶの過去を書き、冷たい女、といった内容が紙面を飾った。

ただ松本には一つ誤算があった。

それは、嵩典と小松しのぶが廃校で会ったことである。

松本からしたら、嵩典はいざという時の道具だったのだ。

裁判に発展するのを想定し、嵩典に期待していたのではないか。

松本は、嵩典を証言台に立たせようとしたのかもしれない。だから別れた妻の冷徹ぶりをしつこいくらいに聞かせ、自分はカイトを心底愛していたと演技した。『魔界の塔』の謎に真剣に取り組んだのも、自分をよく見せるための演出だった……。


推理は以上だ。

嵩典は、うんざりした気分で、自分がまとめたメモ帳を見終えるとタバコを一本吸った。

脳裏には、国分から『魔界の塔』の噂を聞かされた日から今日までの出来事が走馬灯のように駆けめぐっていた。

まるで自分がＲＰＧの主人公になったようである。だがゲームが終わったとはいえ、達成感はない。これだけ謎が残ると後味が悪い。

嵩典は、もう一度メモ帳を黙読した。

どうだろう。最後の箇所はさすがに深読みだろうか。松本に真意を聞けないのが非常に悔やまれる。

しかし嵩典は自分の推理に自信があった。その可能性は大いにあり得るのだ。なぜなら松本伸一という男は、平気で子供を殺し、甥っ子を『実験台』にするような怖ろしい人間だからである。

嵩典は、松本伸一がほくそ笑む姿を想像し、メモ帳を閉じた。

本書は書き下ろしです。
原稿枚数278枚（400字詰め）。

〈著者紹介〉
1981年東京都生まれ。2001年のデビュー作『リアル鬼ごっこ』は、発売直後から口コミで評判を呼び、現在累計100万部を超える大ベストセラーとなり、映画化も実現。その後も『親指さがし』『×ゲーム』『ドアD』(以上幻冬舎)、『パズル』『パーティ』(ともに角川書店)など快調なペースで作品を発表。若い世代の絶大な支持を得ている。

GENTOSHA

魔界の塔
2008年 2 月10日 第 1 刷発行
2012年 1 月25日 第11刷発行

著　者　山田悠介
発行者　見城 徹

発行所　株式会社 幻冬舎
〒151-0051 東京都渋谷区千駄ヶ谷4-9-7

電話:03(5411)6211(編集)
03(5411)6222(営業)
振替:00120-8-767643
印刷・製本所:中央精版印刷株式会社

検印廃止

Printed in Japan
ISBN978-4-344-01455-8 C0093
幻冬舎ホームページアドレス　http://www.gentosha.co.jp/

この本に関するご意見・ご感想をメールでお寄せいただく場合は、
comment@gentosha.co.jpまで。